顔のない天才

【文豪とアルケミスト ノベライズ】

case 芥川龍之介

Bungo and Alchemist Novelizations

case Ryunosuke Akutagawa

Faceless Genius

芥川龍之介には成り得なかった視点

僕は、先生の地獄に救われたのだ。

物心ついたころから、運動ができなかった。難しい漢字がいくつも並ぶ神経系の病気で、どこかの筋肉を激しく動かすと反比例して別の筋肉が力を失ってゆく。外で友達とはしゃいだあと、箸《はし》を持てないのはマシな方で、呼吸をしにくくなったり瞼《まぶた》が意思に反して下がったりする。それは倦怠《けんたい》感や眠気というよりも、手軽な死の気配だった。隣に医者のいない全身麻酔みたいに、命綱もなく暗い底に連れていかれる恐怖があった。

小学二年の下校中に、足元がふらついたせいで車道に出てしまい、車に当て逃げされた。以来、心配する母の言うとおり、学校には出ず家で教材をこなした。やがて勉強机に二、三時間向かっているのも苦しくなり、ベッドに移った。両親は優しかった。ふたりへの感謝は真実だった。けれど、日々は決まった色に見え始めた。

僕は、人類のもっとも尊い能力は、好奇心だと思っている。誰も見られなかった景色を見て回り、世界を球体にしてしまったビクトリア号は何よりも美しい。だから、家からさえ出られない僕は、どうにか未知を知りたくて、本を読み始めた。本音を言うなら最初は写真集に惹《ひ》かれていた。遠い国の未知を知るには、鮮やかかつ大量の情報を一目で見られる写真が、優れていると思った。文庫の小説を手にとったのは、限られた小遣いでより多く楽しめるように、という、あくまで現実的な理由だ。

けれどやがて、モノクロームで鈍足の情報伝達手段である活字に、教えてもらうことになった。未知とは、遠くとも限らず、ときに僕の頭の中に存在する。僕は活字の世界で、国境の長いトンネルを抜け、ミルキーウェイへと昇った。朝日射《さ》す女の背に刺青を見て、先生の破れた心臓から血を浴びた。ベッドの上の世界はどこまでも広がり、空想が現実を追い越した。そうして僕は十四歳になり、芥川龍之介と出会った。

最初に読んだ『鼻』は奇怪な作品だった。それまでのどの作品からも異質なあらすじだ。巨大に垂れ下がった、不細工な鼻にコンプレックスを持つ男が、鼻の縮小を願うが、いざ叶《かな》ってみると人に笑われ、短くなった鼻を恨めしく思う。しかしある朝、幸いにも長い鼻が戻ってきて、はればれとした心持ちになる。

僕ははじめ、なぜ？　と疑念を抱いた。あんなに嫌っていた鼻なのに。たとえば僕が人並みに健康な肉体を手に入れたならば――それは飽きるほど願って、もはや諦《あきら》めた願いだが――どんな衆目に晒《さら》されても、恨めしく思うことは絶対にない。少なくとも『鼻』を読んだ直後の僕は、そう考えていた。

だが、時が経《た》つほどに『鼻』は問いかけてくる。――本当か？

その絶対は、弱い肉体に縛られた僕が唱える絶対だ。今の肉体から解放された僕の思考を、僕は正確に空想できているか？　たとえば写真でなく活字からしか得られない体験があるように、人より不足していることで僕が得られている何かがあるとして、それを僕は、捨てることができるのか？

一晩明けたとき、僕は断言できなくなっていた。

もちろん、かといって僕が僕の運命を愛せたわけではない。依然として僕は僕の弱い身体《からだ》を憎み、疎《うと》ましく思っていた。ただ、断言できない自分に、なんらかの救いを感じたことも事実だった。それは黄金色の雫《しずく》が水面に落ち、暗い底を一瞬だけだが照らしたようだった。

僕は自然に、文学の奥ゆきへ引き込まれていた。次の、芥川作品に手を伸ばした。

十六の春、余命を宣告された。とっくの昔から心構えならできている気でいたけれど、気のせいだった。小説に逃げ込んだ時間に比例して、危機感が麻痺《まひ》していただけだ。担当医は、慎重に、穏やかな声で、かといって同情を滲《にじ》ませないように配慮し、僕の身体に何が起こっているかを説明してくれた。大まかには、臓器を動かす筋肉が弱っている、とのことだったけれど、ほとんど頭に入ってきやしなかった。僕は歯の隙間《すきま》から小刻みに息を吸い、吐いていた。

夜、病院の個室でひとり、芥川を開いた。特段意識したわけでもないけれど、『地獄変』だった。僕はひとつの本を繰り返し読むことを習慣としていた。最初は無意識に。

二回目からは一行ごとの単語の選択の意味を考えたり、筋書き《プロット》の必然性を意識したり。ときには文章を書き写し、自分なりに改変もした。それは創作欲というよりは、創作物を解剖して神髄に触れてみたいという探究心に近かった。

ベッド横には引き出し付きのサイドテーブルがある。充分に読めた、と思えた本だけを上に置く。すると近いうちに、見舞いに来た母が持って帰ってくれる。読み足りない場合は、引き出しにしまう。『地獄変』以外の芥川作品はすべて、既にテーブルの上に置かれた。唯一《ゆいいつ》『地獄変』だけが、ずっと引き出しにしまわれていた。三度読み、三度とも終わり方に納得できなかったからだ。それを、ずいぶん久しぶりに再読し、そしてまた引き出しに戻した。他の芥川作品をすでにすべて読み終えていた僕は、それから他の文豪の作品も次々と読み終えた。けれど『地獄変』だけがいつまでも残っていた。自分の死期が近づくほどに、芥川への不服は強くなっていった。

十七歳で命を終えた。

僕の人生でまだしもセンスのいいときがあったとするなら、それは死の瞬間じゃないだろうか。集中治療室なんかじゃなく、病室の無味乾燥な真っ白いベッドの上で、最後まで瞼を閉じずに天井を睨《にら》みつけてやった。生《せい》は思い通りにできなかった。死くらいは好きにさせてもらう。両親の啜《すす》り泣きも、医者の神妙そうな鼻息も、医療機器の発する無機質な心音も、すべてを意識の外へ排除してゆく。静かな、句点のような終わりを迎えたかった。

そのとき僕は、不思議なものを見ていた。

天井に微《かす》かについていた一点の染《し》みが、じわじわと広がってゆく様だ。まるで洋墨《インク》だった。洋墨はやがて天井の端まで侵蝕《しんしょく》し、壁、床へと垂れてゆく。死後の世界なら何通りだって想像したけれど、そのどれとも違った。床に溜《た》まった洋墨の水位が上昇し、やがてベッドを飲み込み、僕の背中を濡《ぬ》らし、肩を浸し、頬を撫《な》でる。口先まで沈む瞬間、僕は思わず瞼を閉じ、息を止めた。しばらくは持った。でもやがて限界がくる。たまらず息を吸い込み、洋墨の中でも呼吸ができると知る。おそるおそる目を開くと、新しい光景が広がっていた。

どこかはすぐに理解した。『地獄変』の中だ、僕が読みながら想像したのとそっくり同じ。

どうして、と戸惑う時間はごく短かった。そこが僕の『地獄変』なら、僕にはやるべきことがあった。脳ではなく、もっと本質的な核が僕を動かした。

――間に合え。

物語のクライマックスシーンへと全力で走る。いつぶりの感覚だろう。地面を全力で蹴《け》れる世界は、夢のようだった。苦しさで顎《あご》が上がり、喉《のど》がひゅーひゅーと乾いた音を鳴らす、その苦しみに愉悦を覚える。筋肉が上げる悲鳴に高揚し、なお肉体を痛めつけて走る。本の中でだけ、僕は自由だった。

ようやく着いた先は木造の古びた家の前だった。屋内を覗《のぞ》ける位置には野次馬がたかっていた。そのもっとも外周で僕は爪先《つまさき》立ちになり、暗い室内をうかがった。一人の男が、首を吊《つ》っていた。

「間に合わなかった」

と、どこからか声がした。天高くから僕を観察しているもの、あるいは僕の深いところに棲《す》むものかもしれない。

僕は呆然《ぼうぜん》と立ちつくしていた。風は、ぬるく滞留していた。死体は時間に取り残されたかのように微動だにしない。なのに僕の耳元では、きいこきいことゆりかごのように、木の軋《きし》みが繰り返し鳴っていた。

＊

夜。窓掛《カーテン》けの隙間から青い月光が射しこんでいる。図書館のそのフロアには誰もいない。古くても光沢を失わない、味のある木製の書架が延々と並んでいる。うち一角の、「あ」行の棚の片隅が前触れもなく、ぼうと、黒い靄《もや》を立ち昇らせた。

一章

炎熱

一

七輪の火がめらめらと踊っている。炭が遠慮がちにぱち、と爆《は》ぜる。網の上で鰤《ぶり》の切り身が膨張している。身が堪《こら》えきれず弾《はじ》け、裂け目からタレと脂《あぶら》が垂れて、白ばんできた炭をじゅうと鳴らす。燻《いぶ》された甘みが鼻孔をくすぐり、食欲が胃袋を撫《な》でる。

僕は、二階の縁側《ベランダ》に片膝《かたひざ》を立てて座り、七輪の鰤をじいっと狙《ねら》い澄ましていた。

ここぞ、というタイミングで箸《はし》を伸ばす。膨らんだ鰤を摘まみ、手元の紙皿に移す。箸を刺すと、空気が抜けるようにぷつりと裂ける。裂け目をなぞるようにつんつんと切り込んでゆく。小さく整えた身をひと切れ、タレを纏《まと》わせてから、口に運ぶ。舌の上で甘みとほのかな辛みがもつれ合い、塩分が直接的に脳を刺激する。

「うん、美味《おい》しい」

堪《たま》らず声が漏れる。熱された息が、白い湯気となって浮かんだ。

「やっぱり、冬は鰤に限るね。そして鰤なら、照り焼きに限る」

「こんな寒い中、よくやるぜ」

と寛が、隣で首を亀《かめ》のようにひっこめ、顔をしかめながら、煙が鼻先に来ないよう、慌《あわ》ただしく団扇《うちわ》で煽《あお》いでいる。

「こういうのは普通、秋刀魚《さんま》とかでやるもんだろう、秋によ」

「鰤の旬《しゅん》は冬だよ？」

寛は呆《あき》れ顔でため息を吐《つ》く。「わかってるよ、そんなこたあ」

「別に、いらないのなら僕が全部もらってもいいけれど」

「そうは言ってない。そっちの皿に入れといてくれ」

と、寛が顎《あご》で差す。

身は均等割りという約束だった。でも彼が煙を煽いでくれている間に、僕は左手で皿を持ち、右手で焼きたての具を摘まめる。ちょっと不公平だ。

「今いる？　ひと口」

と、僕は箸で摘まんで向けたけれど、彼は首を振った。

「ばか。気なんか遣うんじゃねえよ、冷える前に食べな」

僕は素直に、ん、と頷《うなず》いて言葉に甘える。かわりに、彼の好きな血合いと、大きめの身を彼の紙皿によそい、骨はできるだけ綺麗《きれい》に取り除いて自分の紙皿に移した。

「許可が下りてよかったな。もうちっと火事を警戒されると思ったが」

「それだけ、信用されてるんでしょ。僕たちが本を燃やすはずがないって」

日本は、僕が一九二〇年代に想像していた未来とは異なる発展を遂げている。

科学の発達は少し遅く、文学の浸透が少し濃い。その象徴がここ、帝國図書館だ。日本中の書籍が集まり、一般に開放されている。一方別館は、一般利用者立ち入り禁止の、謎《なぞ》に包まれた区画だ。本館と別館に分かれ、本館は地下一階から地上二階まで吹き抜けの巨大図書室。日本中の書籍が集まり、一般に開放されている。一方別館は、一般利用者立ち入り禁止の、謎《なぞ》に包まれた区画だ。そこには、錬金術師《アルケミスト》と呼ばれる特殊な能力者が所属している。

彼らの手によって、僕は転生させられた。

――芥川龍之介。君は生まれ変わった。文学書を守る為《ため》、力を貸してくれ。

と誰かが言った。

転生直後、僕の目の前には、ふたりの錬金術師がいた。

一方の輪郭はぼやけていて、男か女かも判別できなかった。後に聞いた話では、それこそが、僕を転生させた張本人、特務司書だという。

もう一方は、四十前後の男だ。彫りの深い顔立ちで、こしの強そうな髭《ひげ》を蓄えていた。それらしく正装をしてはいたけれど、服の下の筋骨隆々たる肉体が窮屈そうだった。彼は、館長だと言った。

館長の方が、慣れた構文を読み上げるように、いくつかの説明をした。僕はゆるい酩《めい》酊《てい》に浸る心地で「はあ」と聞いていた。しばらくは、意識が空想と現実の狭間《はざま》に浮かんでいた。

そんな僕の手を、館長は力強く引いた。向かったのは図書室だった。見たことのない蔵書量が僕を圧倒した。館長が指差したのでつられて顎を上げると、「あ」行の一角に「芥川龍之介」の背表紙が並んでいた。珍しいことに、短編小説もすべて一冊ずつ小分けに綴《と》じられている。当然そのぶん一冊が薄くなるのだけれど、手に取ると、どれも頑丈な装丁だった。頁《ページ》を開くと紙質は、僕の知るどの本より上等で、指先が悦《よろこ》んだ。

「どうだ、実感は湧《わ》いてきたか」と館長が訊《き》く。僕は一瞬悩んで正直に、「いいえ」と答えた。

僕は僕を明確に、芥川龍之介と自覚できてはいた。けれどそれは知識として名前を思い出せるだけで、本質的な記憶ではなかった。自著を前にし、それを書いたのが自分だと知ってはいても、執筆時の感情や高揚は、なぜかまったく思い出されなかった。

「まだ記憶が戻りきっていないからだろう、初めはそんなものだ」

と館長は言った。それから別館の各部屋、研究室や館長室、食堂などを順に案内され、最後に、小さな扉の前まで来た。館長は鍵《かぎ》をこちらに、ぽおんと投げた。

「ひとまずは、この部屋で休むといい。心配はいらない。協力さえしてくれるなら、生活は保障できる」

僕はその台詞《せりふ》をぼんやりと脳内で反響させ、しばらくは扉の前に突っ立っていた。けれど、館長がいつのまにか消えていることに気づくと、ため息をつき、入室した。

下宿風の、飾り気のない一室だった。入ってすぐ右手に洗面所がある。鏡を横目に見てもやはり、自分の顔を自分と実感はできなかった。奥の襖《ふすま》を開けると、六畳ほどの、異質な空気の部屋があった。

正面が大きな窓で、そのときは開いていた。外は縁側。秋の風が窓掛け《カーテン》を小さく揺らしていた。畳の上には青い絨毯《じゅうたん》。その上に紫檀《したん》の、背の低い書き物机。隣に二段の引き出しのついた小物机。手前には紫の座布団《ざぶとん》。

書斎だ。

なぜだろう、無意識に唾《つば》を飲んだ。呼吸が一瞬止まる。心臓がとくんと鳴る。それではじめて、自分の生をちゃんと意識した。どこか他人事《ひとごと》のように俯瞰《ふかん》していた自己が無理やり、襟首を手繰り寄せられた。

足は導かれるように、部屋の縁《へり》を跨《また》いだ。どうして惹《ひ》かれたのかはわからない。館長の言う生前の記憶とやらがそうさせたのかもしれないし、あるいは美しい書斎は誰をも惹きつけるのかもしれない。

書き物机の傍の座布団に膝立ちした。右手の中指の先で、天板の表面に触れた。年季は入っているが、よく磨かれた、埃《ほこり》ひとつない清潔な机だった。机上には金ペンと筆、洋墨《インク》が置かれている。小物机に目をやる。引き出しの下に指を滑り込ませ、そっと引いた。几帳面《きちょうめん》に揃《そろ》えられた原稿用紙が入っていた。半ペラ青罫《けい》。

息をすうっと勢いよく吸って、潜るように、座布団に尻《しり》をついた。なんとなく、片膝を立てる。

原稿用紙の一枚を摘まみとり、机に置く。それは天板に吸いつくようにひたりと馴染《なじ》む。引き出しを閉める。右手を伸ばし、ペンを取り、感触を確かめる。ペン軸に体温が移ってゆく。唇の隙間《すきま》を微《かす》かに開け、息を吐く。ぴい、と下手な笛みたいに情けない音が鳴る。ペン先を洋墨に付ける。立つ香りが懐《なつ》かしいような気がした。

だが、それから一時間座っていても、文章は一行も書けなかった。

脳内で言葉を整理できなかったのだ。幾つかの文節は浮かぶが、ねじれて絡《から》み合い、形にならない。やり方なら知っているはずなのに、何かが僕を阻害する。

ふいに、怖い想像をした。

芥川龍之介の最期《さいご》は享年《きようねん》三十五。服毒自殺だ。

その事実を知っているのに、当時の記憶を僕は持たず、感情も思い出せない。こんなことがあるだろうか？

鼻、羅生門、偸盗《ちゆうとう》、杜子春《とししゆん》、トロッコ、藪《やぶ》の中、奉教人の死、蜘蛛《くも》の糸、歯車、河童《かつぱ》、すべて書いたことを知っているのに、執筆時の感情をひとつも思い出せないなんてことがあるだろうか？

あの芥川龍之介が、新作の一本も書き出せないなんてことがあるだろうか？

ひょっとすると僕は、僕から、芥川龍之介を切り離したのではないか？　と自問する。

生前の僕は何らかの苦悩の末、自ら死を選んだ。それは、天から与えられた芥川龍之介という生涯を捨てる選択だ。だから、こうして蘇《よみがえ》ろうと、僕は芥川龍之介に戻りきれないのではないか。

気づいた途端、首の後ろがひゅうと冷えた。

じゃあ僕は一体、何者なんだ?

誰にも言えず、三カ月間悶々《もんもん》と悩み続けたあとに、わかったことがある。小説は無理だが、手紙なら、まだしも文章にできるらしい。藁《わら》にも縋《すが》る思いで、僕は書いた。今朝も書いていた。宛先《あてさき》はいつも決まっている。

先生

原稿用紙でごめんを蒙《こうむ》る事にします。ここへ来てから彼是《かれこれ》三月《みつき》ばかりになりました。多いときは週に二三度の仕事がありますがそれ以外はのんきなもので鰤などを食べて過ごして居《お》ります。

新小説を書かねばと逸《はや》る気持ちが強くあります。ただ、筆が一向に進んでくれません。歩みを知らぬ童のようでもどかしくなります。館長は始めはそんなもんだと云《い》いますがでは何時《いつ》までが始めか明らかにしてほしいものです。最近では果たして本当に自分は生前小説を書いていたのかさえ疑わしく情けない心もちになるのです。

このような事を先生に訴えるのはくだらないと思う自分も居ります。しかしどうにも先生のほかに宛てる先を知りません。私は――

僕は芥川龍之介としての実感を伴う記憶をほとんど持たないが、それでも唯一《ゆいいつ》覚えている大切な感情がある。物書きを始めたころ、評価されない時期がしばらく続いた。同好の士に先を越されているのに、僕の作品は黙殺され続けた。自分が何者かわからなくなる、今と似た不安があった。そんなとき、褒めてくれたのが、夏目漱石先生だった。

――あなたのものは大変面白いと思います。

――ああいうものを是から二三十並べて御覧なさい。文壇で類のない作家になれます。

先生の言葉が、僕の生きる指標となった。

先生が認めてくれるから。先生が認めてくれるなら。ただそれだけで高みを目指して飛べた。

けれど僕は結局のところ、お天道様《てんと》の熱に耐えられるだけの翼を持っていなかったのだろう。気付かぬうちにそれは溶けて、飛び上がっているつもりが地の底をめがけて急降下していた。

ごめんなさい、先生。僕はあなたが思うような人間ではなかったようです――その罪悪感だけは、地獄まで持っていったと記憶している。

——なのに。僕は今またこうして、手紙で先生に甘えてしまっている。

内心で自分を侮蔑《ぶべつ》しながら、その気持ちさえ綴《つづ》るしかできなかった。

どのくらい経《た》ったろう、ふいに背後から、こんこん、とノックの音がして、僕は意識の底から浮かび上がった。

龍、と呼ぶ声がする。寛だ。

筆を置く。すう、と息を吸い、背筋を伸ばす。

正面の窓からは、一階の中庭が見下ろせる。モノトーンの文章に慣れていた網膜がじんわりと、色の刺激を思い出す。

中庭にパンジーが並んでいた。白、紫、黄色、橙《だいだい》。冷たい空気が鮮やかな輪郭を作っている。だがその無理やりな華やかさに、僕は怯《ひる》んでしまう。

小物机の引き出しの下段を開ける。書き終えた先生への手紙が束になっている。もう、長編小説一本分ほどになる。そこへ、いま書いた束を重ね、引き出しを閉める。

先生にしかこんな相談はできない。でも、先生を頼る資格なんて今の僕にはない。

そもそも、ここに先生はいないのだ。遠くの先生へ向けて、気持ちを文章にすることで、どうにか自分を保っているだけだ。

手紙を出す予定は、ずっとない。

「はい、今開けるよ」と、寛に返した。

ぱち、と炭の爆ぜる音が再び鳴って、僕は我に返る。

綺麗な白に変わった木炭が目につく。七輪は煙を落ち着けていて、鰤の骨の載った皿が膝の上にある。いつ食べ終えたのか、覚えていない。甘辛い後味だけが奥歯で居心地悪くしていた。顎を少し開け、舌で舐《な》めとる。

「大丈夫か」と寛が訊く。

意識が飛ぶことは、よくある。いまだ現実から逃げようとしている僕の弱さからかもしれないし、あるいは芥川龍之介を捨てた僕に課せられた業《ごう》からかもしれない。

「うん。美味しかったね」

と僕は微笑《ほほえ》む。寛も、とっくに食べ終えている。

「やっぱり天然ものは違う。ありがとな」

「ん」

「そろそろ行こう」

と、寛が紙皿を置いて立ち上がる。

「仕事の時間だ」

菊池寛。彼もまた、転生させられた作家のひとりだ。生前は芥川と親しく、その縁で今は僕が仲良くさせてもらっている。昼食を共にするのも珍しくはないけれど、今日は特別な理由がある。これからふたり揃って、館長に呼び出されている。

僕は言い訳みたいに、胸元から敷島を取り出し、一本咥《くわ》えた。

「食後に一服だけ」

寛は呆れたように、眉《まゆ》をハの字にして笑った。

二

僕たちは、文学の敵と戦わなければならない。

世界はいつからか、恐ろしい現象に蝕《むしば》まれはじめた。人々が本を忘れはじめたのだ。内容だけでなく、作品の存在そのものを。本の記憶が消えれば、そこから学ばれた思想も消える。恋を描いた詩がひとつ消えれば、世界が恋を少し忘れる。努力を描いた小説がひとつ消えれば、世界が努力を少し忘れる。

気づいた人間はひと握りだ。錬金術師と、その因子を持つ少数の例外だけ。忘却への耐性を持っていた彼らは、異常について探り、ある予兆を発見した。帝國図書館の蔵書が、内側から黒く染まってゆく怪奇を。

ここの蔵書は一般流通している本とは一線を画す。どんなに短い掌編でも一冊として綴じられ、表紙、紙質、フォント、行間、すべてがその作品だけに特化した造形をしている。その本が、黒く染まりきったとき、記憶の欠落が起こる。侵蝕《しんしょく》を受けるのは必ず帝國図書館の本だけであり、帝國図書館の本が世界の本と人に影響を及ぼす。

侵された本には「有碍書《ゆうがいしょ》」と分類名がつき、侵した存在は暫定《ざんてい》的に「侵蝕者」と呼ばれた。

侵蝕者とは、創作への怨念《おんねん》から発生する思念体だ。たとえば、作家を目指したが叶《かな》わなかった者の無念や、既存の作家への妬《ねた》み。多くは、死後に念が強まって現れる。

これに対処すべく、帝國図書館に錬金術師が特務司書として派遣され、歴史上の作家たちを協力者としてこの世に転生させた。

作家は文学のプロフェッショナルだ。有碍書の中に潜る――潜書する力と、侵蝕者を倒す力を持つ。

潜書の勝利条件はひとつ。有碍書が侵蝕されきるまでに、侵蝕者を倒すことだ。

一階の館長室へと階段を下りているとき、二階の廊下から、よく通る話し声が聞こえた。

声に覚えはなかったが、作家四人ほどだろう。『白鯨』のメルヴィルが世間に認められたのは死後かなり経ってからだ、という話から派生して、作家は死後に認められて幸福か？　という話題だった。四人の声のうち一人は、生きている間に認められなければすべて無意味だ、幸福ではないと言った。二人目は、作家の幸福は作品に依存する、死んでからでも認められれば幸福だと言った。三人目は、読者の評価は結果でしかなく、自らの理想の文章に辿り着けた者だけが幸福だと言った。四人目は、理想の文章とはただの概念であり実現不可能なものだから作家が幸福になることはないと言った。

一階の廊下を踏んでから、隣を歩く寛が「ふむ」と息を吐いた。「どう思う?」

「品がない」と僕は答える。

二階の廊下から図書室まで、声が漏れ届く可能性はほとんどない。けれど、どこであれ図書館内では、静かに過ごす方が僕は好きだった。それに、そもそも楽しい話題でもない。寛は肩をすくめた。

僕は意識的に話題を戻す。

「館長からのご指名なんて初めてだよ。僕、そんなに優秀かな」

「というより、作品が作品だからな」

寛はある程度の事情をあらかじめ把握しているようだった。人脈が広い彼は噂《うわさ》を耳にしやすい。

「強力なの?」

「志賀さんがやられた」

僕は思わず、寛の目を見つめた。

「本当かい？」

志賀直哉。小説の神様、なんて大仰な呼び名が様になるのは彼くらいのものだ。無駄を削《そ》ぎ落とした、それでいて豊潤かつ清涼な文章。文章に完成はないけれど、間違いなく、僕にとってひとつの理想に近い。

潜書における実力には、作家としての実力が少なからず関わる。その点において、志賀直哉が敗北したという事実は、それだけで帝國図書館に緊張を走らせる。

「そんな状況で、僕なんかに今さら何ができるのかな」声は尻すぼみになった。

「詳しくは向こうで志賀さん本人から聞けるだろうが、言ったろう？　作品の性質上の問題なんだ」

横を歩く寛は、真《ま》っ直《す》ぐ廊下の先を見たまま呟《つぶや》いた。

「今回の有碍書は、『地獄変』。お前の代表作だ」

館長室の分厚い扉をノックする。どうぞ、と低くて太い声が返ってくる。扉を開ける。吊《つ》り下げられたいくつかの白熱灯がまず目に飛び込んでくる。人情味のある暖色だ。二階まで吹き抜けになっていて、部屋の隅に螺旋《らせん》階段がある。だが開放感よりは重厚感を意識した内装だ。木製家具の光沢は気品を持ちつつ厳格でもある。書斎机に積み上げられた資料は怠惰よりも勤勉を感じさせる。

奥に立った男がこちらを振り返った。館長だ。彼は彫りの深い顔とでかい図体《ずうたい》に適した、野太い声で、しかし叱責《しっせき》よりは心配の強い口調で言った。

「遅かったじゃないか」

「ごめん、準備に手間取って」と僕は曖昧《あいまい》に微笑む。嘘《うそ》はついていない。喫煙は心の準備だ。

館長に敬語を使う作家は不思議と少ない。どこか親しみやすい彼の人柄ゆえかもしれない。彼は、まあいい、と咳払《せきばら》いをして、隣に立つ利発そうな青年を見た。

「早速だが、当該有碍書の概要を説明してやってくれ。志賀」

白を基調とした、気品を感じさせるセットアップを着ている。人によっては華美になりすぎるだろう衣装だが、彼には生来の鱗《うろこ》のように馴染んでいる。目尻が赤みがかっていて、どこか色気を感じさせる。髪は目にかかるほどの長さだが、邪魔にならないよう分けられている。露出した耳には小さなピアスがふたつ。嫌味はなく、活発的かつ清潔感がある。志賀直哉は、今日も整っている。

彼は、いつもなら浮かべているはずの余裕げな微笑を、今は封じ、真剣な表情で言った。

「地獄変には、大きな改変が加えられている。他にパッとは例を思いつかない規模だ」

潜書の目的は、侵蝕者を倒すことだ。ただ、侵蝕者には必ず親玉と眷属《けんぞく》がいる。眷属は親玉の強い念に引き寄せられただけの弱い思念で、知能がとても低いため発見も討伐もたやすい。だが親玉――一般的に侵蝕者とだけ呼ぶ場合はこちらだ――の場合はそうもいかない。彼らはあらかじめ、作中世界を改変し、その中にいても自然な作中人物《キャラクター》に化けて潜んでいる。それは時に原作の登場人物であり、時に彼らオリジナルの登場人物だ。

たとえば数年前にあった例では、狐《きつね》を題材にした小説が改変されたことがある。本来のあらすじは、人間に化けて村の中に潜んでいる狐の子を、村人同士の協力によって見つけだし、追い出してハッピーエンド、というシンプルなものだ。しかし有碍書となった本に潜りストーリーを追ってみると、狐の子が発見された直後、その子が村人たちを寂しそうに見上げて「他の狐の子は、そのままでいいの？」と尋ねるシーンが付け加えられていた。原作にはない加筆だ。この加筆ひとつのせいで村人たちは互いに疑心暗鬼になり、物語を終えられずにいた。

そこで、犯人である侵蝕者を見つけだすための調査が始まる。作家たちがやるべきことはシンプルだ。

「文意」を――侵蝕者の意図を、読むこと。

狐の物語の場合、改変の意図は狐の言い分を村人に聞いてもらうことだと読み解いた。だから、村人の中でもっとも狐を擁護していた少女こそが侵蝕者という読み筋になる。

実際、その読みは当たっていた。追い詰めて聞き出したところ、彼女は変わり者だという理由で学校に居場所がなく、両親からも理解されなかった少女の思念だった。そんな自分と狐を重ねて感情移入し、狐《自分》を救うための物語を作ろうとした。その執念が侵蝕者になさしめた。

まとめてみると、ありがちな話だ。少女は倒され、本は浄化された。

「大規模な改変、というと主人公がいない、とかですか？」

僕は尋ねる。大抵の読者は主人公に感情移入する。狐の物語における狐のように。主人公が消えてしまうと、文意を読み取りづらくなり、攻略難度が上がる。

充分に珍しい例を挙げたつもりだったけれど、志賀さんは肩をすくめた。

「事はそんな次元じゃない。そもそも時代が違う。地獄変の背景世界が、現代に変えられている」

僕は眉根を寄せる。

「そのままの意味だよ。俺たちがいま生きているこの世界の街並みと、そう変わらなかった。蒸気機関車が煙を上げ、自動車が走り、街ゆく人には和装もいれば洋装もいる」

地獄変の世界は、本来は平安時代をモチーフにしている。志賀さんの見たものが本当だとしたら、その世界観はもはや別作品のようだ。僕はおそるおそる口を開く。

「なら、主人公どころか登場人物の誰も、残っていない？」

「可能性は充分にあり得るな。だが悪い。正確なことはわからない」

「まだ調査しきれていなかったから？」

「そのとおりだが、少しニュアンスが違うな。俺は調査に行き詰まって帰還したわけじゃない。むしろ書に潜ってすぐ、侵蝕者からのメッセージを受けた」

「姿を見たんですか？」

侵蝕者は作品世界を改変でき、自分の姿さえも自由に設定する。が、それをできるのは有碍書を作るさいの、最初の一度だけだ。一度完成した本を改稿できないのと同じように。そして最初の一度においても、作為的な偽装よりも、感情や衝動といった偽りない無意識が強く表れる。狐の物語で、少女の思念が少女という姿のまま登場したのも、そういうことだ。

つまり、姿を見たのならば、それは侵蝕者の正体を探るうえで決定的な情報になる。

だが、志賀さんは首を振る。

「いや、見てはいない。眷属を使っての代弁だった」

「ああ」と、僕はつい息を吐く。親玉が眷属に乗り移って、その身体を操り、僕たち作家に間接的なコンタクトを図ることは間々ある。「そうですか」

「芥川龍之介を連れてこい、と言われたよ」

「僕を？」

「龍に恨みがあるのか、と尋ねた。眷属は答えなかった。俺は続けた。あいつは著者だ、お前に簡単には負けないってな。すると、奴《やつ》は歯を見せて笑った」

「笑った？」

「ああ。強者の余裕から――という感じでもなかったな。なんだかもっと純粋に、嬉《うれ》しそうに微笑んだんだ」

嬉しそうに？　怨念から発生すると言われる侵蝕者の一般的なイメージからは、ずれる。

「気味の悪い話ですね」

「俺も同じように思ったよ」

「ただ、地獄変には合っているかもしれない」

僕は顎に手を添える。地獄変のあらすじは、比較的シンプルだ。

絵筆を取れば右に出る者はいないと言われていた、良秀《よしひで》という絵師がいる。良秀は絵のリアリティを上げるためであれば常識も倫理も捨てられるような、ある種狂った天才だった。縛られた裸の男を描きたければ弟子の衣服を脱がせ、その身に乗りかかり鎖をぐるぐると巻きつける。死を描きたければ、腐りかかった死骸《しがい》の前へ腰を下ろして模写する。自分を天才と自覚していて、為政者である大殿にも横柄《おうへい》な口を利《き》いた。

ただ、そんな彼にも唯一、人間らしい面があった。ひとり娘を溺愛《できあい》していたのだ。

あるとき、良秀は選択を迫られる。炎熱地獄の屏風絵《びょうぶえ》を描くにあたり、燃え上がる牛車《ぎっしゃ》の中で苦しむ女人を見る必要が生じた。そこで大殿に牛車の用意と、それを燃やす許可を求めるが、当日用意された牛車の中に入れられていた女人は、自分の愛娘《まなむすめ》だった。

結局彼は、大殿に許しを乞《こ》うことも、火をかけられる牛車から娘を助け出すこともなかった。ただ娘が燃やされ悶《もだ》え苦しむ様を見逃すまいと見つめていた。これによって完成した屏風・地獄変は、それは見事な逸品であったが、直後に良秀は首を吊って自殺した——

一般的に、後味も気味も悪い話と言っていいだろう。

志賀さんは肩をすくめる。

「ともかく、そいつとの会話の直後、作中世界は停止した。俺たちは帰還するしかなくなり、再潜書にも挑戦してみたが上手《うま》くいかなかった」

初めての有碍書に潜るときは大抵、侵蝕者が作った物語の冒頭に落とされるが、そのシーンは素直にラストまで続いてはいない。多くの作家志望者が、書きたいシーンしか書かないのと同じように、ほとんどの有碍書はぶつぎりのシーンの連続だ。シーンごとの終わりまで進むと、体感としては、世界が停止し、作家たちは一度現世に帰還するしかなくなる。潜書している間、作家は思念体だ、意識次第でいつでも戻れる。再潜書することで、前回から少し進んだ先のシーンを体験できる。

でも、たまにそれが上手くいかないこともある。

「文体の不一致という奴だな。侵蝕者の作りだす文体と、俺の文体があまりに異なるんだ。まあ要するに、俺は調査に行き詰まったんじゃなく、まともに調査をさせてさえもらえなかったわけだ」

作家たちは、どこか転生前の文体を思わせる口調になることが多い。志賀さんはいつだって明瞭《めいりょう》な言葉を使う。その明瞭さが、事の緊急性をより不気味に際立《きわだ》たせていた。

志賀さんは自嘲《じちょう》的に、ふっと微笑んで言葉を突きつけてくる。

「龍、お前しか頼れない。行ってくれるか」

彼の手には、薄緑色の本がある。その角を僕に向けていた。それは地獄変ではない。志賀直哉自身だ。転生したときから僕たち作家は、ひとり一冊の本を肌身離さず持ち歩く。それは作家性や思想、外見や性格、存在としてのすべてを内包した、僕たちの本体、いわば魂のようなものだ。

魂さえも文字で構成されている存在。だから、有碍書にも潜れる。

僕の腰には革ベルトと鎖で固定した赤橙色の芥川龍之介《本》がいる。指先でそれに触れる。

有碍書の浄化成功率は、統計として著者がもっとも高い。内容についてもっとも知っているからだ。今回の志賀さんの立場は、いわば先遣隊のようなものだ。後続の本隊のために情報を得てくることが役目。館長からの命令だろう。自著のために手間を取らせてしまった手前、答えは選べなかった。

僕は自分の本の角を、志賀さんの本の角に、こつんとぶつける。

「はい」

迷いの混じった僕の声はきっと吐息と区別がつかなかったろう。隣で寛が、僕の背中を、元気づけるようにぽんと叩《たた》いた。

三

「タイムリミットは、三日後だ」

と館長は言った。侵蝕の進行速度から見て、それくらいが限界らしい。三日が長いか短いかは、有碍書の攻略難度との兼ね合いだ、一度潜ってみないとわからない。着手は早いに越したことはない。

潜書にはセオリーがある。四人一組で潜ること。ふたりだとアクシデントに対応しきれないし、三人組は行動選択が多数決になりがちだ。多数決は合理的だが合理だけで人は動かない。主人公が五人もいるのは文学的に美しくない。というわけで四人が最適だ。

残りふたりのメンバーを揃えるべく、人脈の広い寛の先導で館内を巡る。道すがら僕は、なにげなさに努めて、話題を振った。

「そういえばこの前、アカとアオと話してでね、『鼻』の主人公は結局どうして、最後にあんな心境になったのかって訊かれたよ」

アカとアオとは館長の助手の名前で、『鼻』とは芥川龍之介の著作だ。「著者にそこを解説させようとするの、ひどいと思わない？」

寛はこちらに視線も向けずに返した。

「そうだな、書いていないことは読者の領分だ」

喋《しゃべ》りながらも、人選を考えているのだろう。

「僕、ちょっと思うんだけれどね、文学を分析や類型化しようとするほど、本質から遠のいているんじゃないかな」

「それは間違った感性ではないと思うぞ」

「なら、何のために帝國図書館は、有碍書や侵蝕者を研究するんだろうね？　例外の方が多い類型が、役に立つとはあまり思えない」

「結果的に役に立たなかったことと、努めなかったことじゃ意味が違う」

「そうかな」

「ああ。努力には必ず意味がある」

僕は頷こうとするが、うまくいかない。

それを察したのか、寛がこちらを向いた。フィクションみたいに気持ちのいい笑みで。

「あまり難しく考えるな。研究については図書館員たちに任せときゃいい。俺たちはただ、目の前の文学と向き合おうぜ」

「うん。それが、いちばん難しいんだけれどね」

「お前は生前だって文学談義や論争には事欠かなかった。表向きは飄々《ひょうひょう》ぶっているが、根は意外と熱い男だ。この仕事、向いてるよ」

「なにその分析」と、僕も微笑む。寛こそ、僕の研究者みたいだ。

「間違ってるか？」

「どうだか」

はぐらかすしか、僕にはできない。

緩やかな会話は心地いい。浸りながら、でも僕は心のどこかに黒いものを見つける。

生前の僕は、文学に熱を持っていた――今の僕はどうだろう？　もちろん本は好きだ。文章が好きだ。そこに込められた沈黙の叫びが好きだ。けれど、そんな文学好きの僕をもうひとりの僕がどこか高い位置から、冷めた目で見てもいる。君のその好意は、芥川龍之介としてではないだろう？　一読者としての視点に過ぎないだろう？　と言葉を吐きかけてくる。

こんな不安定な状態で、侵蝕者の強い思念と渡り合えるだろうか？

思考の迷宮に陥りそうになっていると、寛が、いつのまにか僕の顔を覗《のぞ》きこんでいた。

僕は慌てて、自分の表情を意識する。ちゃんといつもどおり微笑めていただろうか。寛は「ふむ」と軽く息を吐く。深い焦《こ》げ茶色の、温かみのある瞳《ひとみ》は、僕の内部を見透かしてくるように思える。

「龍。お前、地獄変に潜るの、気が進まないんだろう」

語尾に疑問符はなかった。僕は観念して、鼻から息を吐き、おおげさに眉を上げてみせた。

「そりゃあね、誰だってそうさ」

「なぜだ？　俺なら早く自著を解放してやってほしいと思うがな」

「寛は、強いから」

「馬鹿《ばか》いうな、逆だろう？　これは弱さと呼ばれるものだ」

違う、と僕は思う。でもうまく説明できない。だから遠まわしな表現になる。

「世の中には、地獄変を、もっとも芥川龍之介らしい作品と評している人もいるらしいよ」

「なんの話だ？」

「芸術至上主義と人間のエゴイズムがわかりやすく描かれている。それは芥川龍之介の作風であるって。芥川を批評や解説した文献の多くにはそう書いてあると聞いたよ」

「ああ、それくらいは知ってる。だが、それがどうした。間違っちゃいないだろう」

「そう思う？」

「読者がそう読み取ったのなら、少なくとも読者にとってはそれが真実だ。作品は読み手の解釈で完成する。それともお前は、彼らの解釈が違うと感じるのか？」

僕は顎に手を添え、考える。

いや、きっともっと、根本が違う。僕が僕を芥川龍之介と確信できていたなら、何事も受け入れられていた。僕が僕を信じられないから、読者から著作への評価も、寛から僕への分析も、なにもかもが曖昧な手触りになって、指の隙間から零《こぼ》れ落ちてゆく。

「それを知るためにも、今回の潜書はいい機会かもしれないね」

と、僕はやせ我慢をして、芥川龍之介のふりをして微笑む。

本当は、気が進まなかった。

寛が僕に気を遣ってくれているのがよくわかる人選だった。彼が最初に声をかける相手に選んだのは、堀辰雄だ。僕のひとまわり下、同じ辰年で、名前が龍と辰、だからどこか親しく感じている。人懐こく、気が利いて、愛される体質の彼を、僕は〝辰ちゃんこ〟と呼ばせてもらっている。よく雑談をするし、他の作家の本へではあるが潜書を共にした経験もある。互いの文学観をぼんやりと知っているし、大きくずれてもいないから、呼吸を合わせやすい。なにより、自著の中に潜られても、まだしも抵抗感のない、数少ない相手だ。

談話室の前に行くと、クラシックが微かに漏れ聞こえていた。図書館ではお静かに、と注意が必要な音量ではない。部屋の前で、耳を澄まして、ようやく聞こえる程度だ。彼がいるとわかった。

扉を開けると、蓄音機と、すぐ隣に布張りのソファがあった。彼はひとりそこに腰かけ、肘《ひじ》掛《か》けに右肘を乗せ、その手で右頬を支え、音に浸るように瞼《まぶた》を閉じていた。

ドアの開閉音で僕たちの入室に気づいたのだろう、瞼を開けて、あ、と彼は小さな声を漏らした。慌てて立ち上がり、衣服の皺《しわ》をぱんぱんとはたき、背筋を正す。

「ごめんなさい！　お恥ずかしいところをお見せしました」

「なにも恥ずかしくはないだろ」寛が、そのまま座っていていい、と抑えるように手のひらを動かす。

「あ、はい、すみません……！」と彼は従順に、座り直す。

僕は寛のうしろから顔を出した。

「誰の曲？」

芥川さん！　と彼はなぜか一層顔を明るくしてから、言った。

「メンデルスゾーンです。『そよぐ風』」

「なるほど。君に合っているね」

「ありがとうございます。今日みたいなお昼にふさわしいなと思って、つい耳を傾けていました」

「確かに今日は、風が印象的だ」僕たちが縁側で鰤《ぶり》を愉《たの》しんだのもそれが理由だった。

「でも窓を開けると寒いよ?」

目を部屋の奥に向ける。窓掛《カーテン》けは揺れていない。

「はい。だから窓越しの風の音を背景に聴いています」

と彼は言った。

「こんな寒い季節は、すべてが止まってしまうように感じます。獣はいそいそと冬眠し、水面は凍る。でも、風は変わらずそよいでいる。ときにはサッシを鳴らすほどの暴力性をもって生命力を見せつける。まるで今際《いまわ》にこそ強く跳ねる心臓みたいに。爽《さわ》やかさだけじゃなく、死と生のあいだで揺らぐ活力を感じさせる、そよぐ風」

「詩人だね」

嫌味でなく、純粋な尊敬を込めて言った。彼の文体は劇的だ。劇的な文体は拙《つたな》い者が扱うと押し付けがましくなるけれど、彼の場合は素直な人間性によって蒸留されるから、魅力的に映る。

それでも、彼自身は喋りすぎと思ったのだろう、遅れて顔を赤くした。その純朴さにも僕は好感を覚え、口元が緩む。寛がそんな僕らをちらりと見て、ふっと笑った。

「堀、地獄変が侵された。一緒に来てほしい。頼まれてくれるか？」

辰ちゃんこは目を大きく開き、唇を引き結んで僕を見た。

「お願い、できるかな？」と、僕も続ける。

彼はもう一度立ち上がると、僕に近づき、凛《りん》とした目つきで頷いた。

「ぜひ！　お手伝いさせてください」

三人で部屋を出たとき、前をゆく寛が急に止まったせいで、彼の背中にぶつかりそうになった。ちょっと寛、と注意するよりも早く、彼の方が声を出した。

「久米」

どきり、と僕の胸がわかりやすく跳ねる。

僕はなかば本能的に、その姿を確かめようと寛の陰から顔を出し、寛の視線の先を目で追った。

廊下でぽつんと立ち止まっている、細身の男の背中があった。彼はゆっくりと振り返った。丸眼鏡の下の、その口には微笑とも苦笑ともつかない含みがある。

久米正雄。生前の芥川《僕》とは学生時代から付き合い、ともに夏目漱石を先生と呼んだ、作家仲間だ。

彼の才能は間違いないものだ。学生時代から文壇に注目されていたし、芥川《僕》は彼に憧《あこが》れて小説の道へ進んだほどだ。

けれど、後に文壇から大きく評価されたのは、彼でなく芥川《僕》だった。夏目先生が名指しで僕を褒めてくださった、あの手紙が分岐点だった。

作品は己ひとりで完結できるが、文壇はそうもいかない。純然たる芸術性を究めればいいと誰かが言う横で、その芸術も多くの人に認められなければ意味がない、と誰かが言う。文豪たちからの評価となると、巡り合わせと相性がどうしても絡《から》む。

彼には同情している。僕が彼の立場なら、と考えると背筋が冷える。

転生後も、僕と彼との間には、容易《たやす》くは名状しがたい隔たりがある。

「ちょうどよかった」寛が努めて明るく言う。「これから潜書で、あとひとり捜していたんだ、一緒にどうだ」こういう台詞に嫌味がまったく宿らないのが寛の才能だと思う。

「まるで喫茶店にでも誘うようだね。地獄変だろう？」

「知っていたか、耳が早いな」

「僕は遠慮するよ。きっと足を引っ張るだろうしね」

「なにをばかな」

「引っ張るよ」

久米の声は繊細だが、排他的に冷たい。桶《おけ》の水に張った薄氷を想起させる。

「そう悲観的になるなよ」

「悲観的？」ふ、と唇の片端だけを彼は少し上げる。「現実的なだけだよ」

「どうして、アンタはそう頑《かたく》なに」

「わかってくれるはずだ、寛。君なら。僕もまた、君の心情と立場はわかっているつもりだ。だから放っておいてくれないか。今は、まだ」

寛は、言葉を探すように、押し黙った。

久米はその間に、突き放すように背中を見せた。急ぐでもない、けれどどうやっても引き留められない、静かな歩調で去ってゆく。廊下には風も音も残らない。僕は寛のうしろから、彼の耳元に囁《ささや》いた。

「行こう」

僕と久米は、一度も目を合わせなかった。


ともかく、もうひとりを捜さなくてはならない。思いつく名前はいくつかある。けれど現状では、ここに転生してきていない者も多い。どうにか尋ねてみた数人は、皆一様に体調を崩していた。不運だ。

最後の手段として向かったのは、谷崎潤一郎のところだった。最後の手段――いや、間違いなく作家としての腕はいい。けれど少々、頭ひとつ抜けて、変態的な男なのだ。

「お風呂《ふろ》上がりを憩《いこ》う人間まで訪ねるとは、よほど切羽詰まっているようですねえ」

谷崎くんは、館内に併設された大浴場の待合室にいた。浴衣《ゆかた》の襟元をはだけ、湿った手拭《てぬぐ》いを細い首にかけ、その首と肩から湯気をほくほくと上げている。長椅子《いす》に、片脚を抱えるようにして座り、足の下に新聞紙を敷いて、足の爪《つめ》を切っている。ぱちん。ぱちん。と作業的な音が、蒸した待合室に響いていた。遠くに置かれた大型扇風機の風で新聞紙が少し揺れるたび、見る側としてははらはらしてしまうが、絶妙に飛びはしない。

「ああ」と、寛は頷《うなず》いた。「正直、他に当たれそうな人がいないんだ。アンタに来てほしい、谷崎」

「心中お察ししますよ、自分の本がいじられるというのは、妙な気分でしょう」

谷崎くんは寛でなく、僕に言ったのだろう。そのくせ視線は足元から動かさない。

「ああ、気持ちのいいものじゃないね」

と僕は返す。

「そうですか？」

「え？」

「私は嫌いじゃありませんけれどね、そういうの。ところで、さっき廊下で漏れ聞こえた興味深い話なんですけれどね、作家にとって幸せとは何か、という」

彼の会話のテンポは独特で、気を抜くと置いて行かれそうになる。

「ああ、つまらない話だよ。結論はなく、話すこと自体が目的のような話さ」

「本心じゃないでしょう」

僕は眉根を寄せる。「どういう意味だい？」

谷崎くんは顔を足元に向けたまま、上目づかいにこちらを見た。

「貴方《あなた》は複雑な構造をしています。いつもは絵に描いたような作家として、借り物の衣を纏《まと》っている。見栄《みば》えはいいけれど、それが貴方の本質ではない」

「作家の幸せについての話じゃなかったの？」

「だからその話をしていますよ。貴方は本心では、幸せを見つけたいと誰よりも願っている」

「悪いけれど、僕は潜書の話をしたいんだ」

「この話こそ、潜書の本質とも言えるじゃありませんか」

「どこが」

「それを説明していたら文学じゃない」

「抽象的すぎるよ。文芸の君らしくもない」

「龍」

と、隣に立つ寛が僕を見る。強い目で、諭すように。

それで、自分が少し苛立《いらだ》っていたと気づく。苛立ちに気づかないのも、それが表に出てしまうのも、我ながら珍しいことだった。やはり僕は今回の潜書に、随分と気を揉《も》んでいるらしい。

「ごめん」

谷崎くんにも悪いことをした、そう思って視線を向けたけれど、彼に堪《こた》えた様子はない。

「私だって、心を痛めたひとりではありますからね」

とだけ彼は言う。やはり、何について語っているのか読みとれない。谷崎潤一郎の文体は本来、もっと読みやすいはずだけれど。

苦笑していると谷崎くんが唐突に言った。

「いいですよ」

「え？」

「付いていってあげます。潜書」

姿勢は爪切りのまま、視線は爪先《つまさき》のまま、大したことではないように彼は言う。

なぜその気になってくれたのか、まったくわからなかった。僕に読解力がないからだろうか、と脇《わき》を見ると、辰ちゃんこはぽかんと口を開け、寛は呆《あき》れたように笑っていた。

「不満ですか？」と、彼が目だけを動かして僕を見上げる。長い睫《まつげ》毛越しの瞳は艶《つや》やかに潤《うるお》っている。

「いや。ありがとう、助かるよ、本当に」

「どういたしまして」

彼は優しくにやつくと、また視線を足元に落とし、ぱちん、と爪を切る。手の人差し指で足の爪先をくりくりと撫《な》でてから、そこにふっと軽く息を吹きかけた。「うん、美しい」

やっぱり、谷崎潤一郎は少し苦手だ。


本館の図書室で発見された有碍書は、別館の地下にある有碍書棚へと移される。有碍書棚は、赤い縄で呪縛《じゅばく》されている。前に立つだけで、空気がタールのような粘度と重量を持つ。芥川龍之介の地獄変は、その一角に差されていた。

わずか五十頁《ページ》ほどしかない地獄変の背表紙は見逃してしまいそうなほどに薄く、病んだ老人の手首のように頼りない。しかし、その病老人《びょうろうじん》は洞のような黒々とした、深い眼孔で僕たちを見つめていた。

いくらか酸素が薄く感じられ、僕は水面に顔を出したがる河童《かっぱ》のように、顎《あご》を少し上げる。じっと本を見つめていると、「龍」と小さく低い声で呼ばれた。寛だった。彼は、それ以上何も言わない。寛の隣では辰ちゃんこが心配そうに僕を見ている。谷崎くんは、煽《あお》るように、口元に笑みを浮かべている。そのすべてに応《こた》えるつもりで僕は言った。

「大丈夫」

書架から地獄変を抜き出して、傍の小さな丸テーブルに置く。

四人で囲む。著者である僕が代表して、表紙を開く。

かつては美しかったフォントも行間も、醜く変貌《へんぼう》していた。一行一行から文字が剝《は》がされ、頁の中心に集まり、黒い洋墨溜《インクだ》まりを作っている。文章でなくなった文字たちがもぞもぞと蠢《うごめ》いている。

僕たちはそれぞれの指先を、醜い文字の上に添える。

息を止め、洋墨の沼に自分が沈んでゆく姿をイメージする。

途端、表皮の隙間《すきま》を風がひゅおう、と通り抜け、僕たちの細胞ひとつひとつを解きほぐしてゆく。指先をちらりと見下ろす。爪の先から存在が綻《ほころ》び、文字の羅列へと変貌してゆく。僕という肉体も精神もすべてが情報に分解され、本に吸い込まれ、文章として再構築される。

二章

奈《な》落《らく》

横紙破りな男でございますから、それが反《かえ》って良秀は大《おお》自慢で、何時《いつ》ぞや大殿様が御冗談に、「その方《ほう》は兎《と》角《かく》醜いものが好きと見える」と仰有《おつしや》った時も、あの年に似ず赤い脣《くちびる》でにやりと気味悪く笑いながら、「さようでござりまする。かいなでの絵師には総じて醜いものの美しさなどと申す事は、わかろう筈《はず》がございませぬ」と、横柄《おうへい》に御答え申し上げました。

——『地獄変』より

一

瞼《まぶた》をゆっくりと開く。視線を右、正面、それから左へと移す。三人ともがちゃんと来ていることを確認すると、ふう、と堪《たま》らず息を吐いた。

「暑いね」

「ああ」

「蕩《とろ》けてしまいそうですね」

「ちょ、谷崎さん、はだけすぎです！」

初の潜書では大抵、物語の冒頭に落とされる。その瞬間にわかる情報がある。季節だ。どうやら夏らしい。気温は三十度前後だろう。現世が冬だったぶん、温度差に酔いそうになる。

僕たちが身に着けていた服、道具は有碍書内《ゆうがいしょ》に持ち越される。きっと思念体となるときに、その瞬間の自分をイメージするからだろう。なら普段から温度調節のしやすい恰《かっ》好《こう》をすればいいのだけれど、ファッションにこだわりのある者が作家には多い。僕は上着一枚を脱ぐだけにとどめた。

「でも、志賀さんと同じ場所には出られたみたいだね」

志賀さんからは可能な限りの情報を聞いた。開始地点は裏路地だと言っていた。僕らの目の前にある景色も、古い木造住宅の板塀と板塀の間の、裏路地だ。

ここが物語の冒頭で間違いないだろう。

僕らは塀の陰からそうっと、表通りを覗《のぞ》く。文明の発展度は現代と変わらない。石畳を、自動車がどっどと黒い煙を上げて走っている。遠方の線路では蒸気機関車がしゅぽうと汽笛を鳴らす。経済は今まさに発展途上で、平屋の民家と背の高いビルが混在している。往来する人々の服装は和服もあれば、ハットにステッキもある。大正の匂《にお》いは残しつつも、そのいくらか先を進んでいる。東京近郊の下町、という印象だった。

「潜書中でなければ、隣町の風景と言われても違和感がない。侵蝕者《しんしょくしゃ》は現代人だろう」

と寛が言う。侵蝕者はあらゆる思念から発生するため、百年前の思念もあれば一日前の思念もある。だが現代をこうも正確に描写できるのは、現代を知る者だけだ。

「ふうん」

と谷崎くんが小さく漏らしたのを、僕は聞き逃さなかった。視線を向ける。

「つまらないかい？」

「つまらない？　どうしてですか」

「君なら、もっと突飛な世界を期待しているかなと思って」

「いいえ、むしろ興味深いなと思っていたのです。本当の異質とは、こういった常識じみた表層の下を好むものですから。ふふ」

谷崎くんの流すような視線が、妙な色気を帯びて纏《まと》わりついてくる。僕は視線から距離をとるように、少し顎《あご》を引いた。彼は本当に、何を考えているかわからない。そこが魅力だとも知っているけれど。

表通りに出た。通行人の数が急に増える。

作中人物《キャラクター》は、侵蝕者が初めに書いた筋書き《プロット》に沿って自動的に動く、よくも悪くも公平な存在だ。今や侵蝕者でも、彼らを思い通りに書き換えたり操ったりはできない。つまり、この世界で僕たちの敵となる者は、二種だけだ。作中人物に化けて潜んでいる侵蝕者と――

「待ってください」

と、横を歩く辰ちゃんこがふいに言った。手のひらを僕たちの方へ伸ばし、進行を止める。もう一方の手は、人差し指を唇にあてている。

それだけで僕たちが状況を察するには充分だった。緊張が高まる。辰ちゃんこの目は、右前方、石畳の路地の先を見すえている。僕らも視線で追う。小さな脇道《わきみち》がある。でも、その先に目を凝らしても、上手《うま》く描写が見えない。行き止まりではない。空間がないのだ。

まっ白な欠落。

視線を少し上へ向ければ、砕けた文字の残骸《ざんがい》が空へと、蛇のようにうぞうぞと這《は》い昇っている。

有碍書内で壊された人物の表情や看板の表記、信号機の色、路地の行く先、そういった描写は文字や洋墨《インク》へと分解され、世界の頂へ昇ってゆく。だから有碍書内で見上げた空の先にはいつだって、黒い洋墨溜《だ》まりが宇宙との境目のように漂っている。

「来ます」

と、辰ちゃんこが言う。それを合図に、僕たちは一斉に戦闘態勢に入る。

僕は腰に携えた本を握る。本は瞬《また》き、その形を変えてゆく。戦闘時、僕たちが持つ本は武器に変化する。文学を守るために戦う、その意志の具現化だ。僕の右手は既に表紙でなく、刀の柄《つか》を握っている。刃《やいば》をいつでも差し出せるよう、膝《ひざ》を少し曲げる。

きりきりと、歯車の軋《きし》みに似た耳障《みみざわ》りなノイズがどこからか聞こえる。それは言語になりきれない音、文章になりきれない文字、知能のない者たちが感情のままに発する叫びだ。

『ア……ケ……』

空へと昇っていた文字列の一部が、熱膨張でもしたようにむくむくと蠢《うごめ》きだす。目を凝らせば正体が見えてくる。丸めた原稿用紙のような、歪《いびつ》な球形の身体《からだ》。真っ黒い洋墨を纏い、それが羊に似た顔と、四本の足を形成している。

「侵蝕者――眷属《けんぞく》です！」

「不調の獣だね。辰ちゃんこ、下がって」

侵蝕者の親玉は大抵が人型をベースにしているが、眷属の姿は多種多様だ。人型、獣型、空想上の生物、それらを混ぜた形状のこともある。

羊に似た眷属は識別名を「不調の獣」という。親玉がなんらかの文章を書いた際、うまくいかず捨てた原稿に宿った、負の感情が思念体となったものだ。その文章は、自己満足の小説の場合もあれば、作家への妬《ねた》みの告白文の場合もある。内容を教えてもらえれば、親玉の動機も見えてくるが、あいにく眷属は皆ろくな知能を持たず、会話が成立しないため、情報収集の役には立たない。特に不調の獣は食欲のままに文章を食う、まさに獣だ。

羊は三匹、立て続けに、文字列から放出された。それらは、僕だけをめがけて降ってくる。僕が著者だからだろうか？

が、僕は恐怖も逃走もせず、相手さえもしない。こういう相手には適した仲間が傍にいる。

僕の頭頂の毛先をかすめるように、黄金色の横一線が前方へと振り払われた。羊たちすべてが一瞬で真っ二つに裂け、その隙間《すきま》から血の代わりに洋墨を噴き出す。傷口から溢《あふ》れ出た文字が空気に溶け、頁《ページ》に馴染《なじ》んでゆく。

「無事か」

と寛が言う。

「おかげさまで」

と僕は微笑《ほほえ》む。

作家の持つ武器は、いくつかの種類にわかれる。寛なら鞭《むち》だ。複数の敵をまとめて相手にする際、無類の強さを発揮する。図書館員たちに言わせれば、それらは大衆小説と呼ばれるジャンルを書く作家性の反映らしい。個人的には、作品ならまだしも作家をジャンル分けすることには否定的だ。けれど、広い視野と広い才能を持つ寛らしい武器だとは思う。

「雑魚《ざこ》は任せろ。お前はあっちを」と、寛が頭上を顎で指す。

視線を上げると、文字列がまた蠢き、増援が吐き出されている。再び三体。だが。

「……新種？」と僕は眉根《まゆね》を寄せる。

鬼に似た姿をしている。体格は人間並みか、ひとまわり大きい。肌は白く、腹は餓鬼のように出て、虎《とら》の皮の腰巻をしている。額から頭頂部まで禿《は》げ上がり、後頭部から噴き出した洋墨が頭髪のように、後方へうねり流れている。そいつは路地に着地するやいなや、曲げた膝のクッションを利用して大股《おおまた》で、こちらへ飛びかかってくる。鬼気迫る形相と相対し、僕は柄を握る力を強めた。

「辰ちゃんこ、谷崎くん」

「はい！」

「いいですねえ、新種。そそられます」

ふたりは僕の背後から左右に散った。それに合わせて、鬼も三方に分かれる。

純文学作家の持つ武器は、刃だ。僕なら日本刀、辰ちゃんこなら小太刀、谷崎くんなら薙刀《なぎなた》。一体ずつ確実に斬《き》り捨てることに特化している。僕ごときが純文学作家だなんて言えるかはわからないけれど、少なくとも今この瞬間は、この刃で彼らを葬《ほうむ》りたいと思っている。

鬼のうち一体が、僕の前まで一瞬で距離を詰めた。なかなかの脚力だ。上げた左腕を振り下ろしてくる。僕は刀を右上へ振り抜く。キンと冷たい音が鳴る。鬼の左腕は斬れていない。硬度が金属じみている。それに、赤く発光している。刃との接触面を見れば、じじじと黒い煙を上げている。

「熱か」

体内に溶鉱炉のような機構を有しているのかもしれない。

刃が傷《いた》む前に、最小限の動きで刀を引き戻し、左上段から首を狙《ねら》う。それは右腕で止められた。再度引き戻し、次は右腹へ。これもキンと鳴るだけで傷をつけるには至らない。頑丈な体をしている。その間に鬼は両手を伸ばし僕の肩を摑《つか》もうとしてくる。近づく腹を蹴《け》り飛ばし、その反動で僕の身体は浮く。舞うように距離を取って着地。鬼がよろめいている間に再び接敵し、右斜め上段から首を狙う。鬼は慌《あわ》てた様子で両手を交差し、上段を守る。だが刃が鬼の腕に触れる寸前、僕は手首をくんと捻《ひね》り、刃の軌道を変える。鬼の腕をすれすれで避け、醜い腹の前へ潜りこませる。即座に刃を上向きへ返し、振り上げる。刃は腹に触れてまたキンと音を鳴らすが、構わず滑らせると、喉元《のどもと》で急に肉の感触に変わった。——思ったとおりだ。肉に刃がめり込み、気道を縦一線に裂く。血の代わりに洋墨が噴き上がる。

「首だ！」

僕は黒い雨を浴びながら、振り返りもせず辰ちゃんこと谷崎くんへ叫ぶ。ふたりの応答が聞こえた。

今回の鬼はなかなかに強い思念から生まれているらしい。刃を弾《はじ》かれるとは思わなかった。が、所詮《しょせん》は眷属だ。知能は低い。腕と腹を狙われても平気な者が、首だけを庇《かば》おうとすれば、そこが弱点と教えているようなものだ。

眼前の鬼が膝から崩れ、うつ伏せに倒れるのを確認してから、ようやく振り返った。谷崎くんの薙刀捌《さば》きは初めて見る。長柄を振り回しても優雅さを漂わせるさまは、蝶《ちょう》に似ていた。辰ちゃんこの小太刀使いは以前から知っている。でも今日は一段と切れがある。気持ちが入っているのがわかる。

僕は敵の更なる増援に備えて身構えていた。だが、いくら待ってもそれは現れなかった。ふいに、背後から肩をぽんと叩《たた》かれた。驚き、振り返ると、寛だった。

「熱くなりすぎるな」

え、と戸惑う。僕は熱くなっていたか？　そんなつもりはまったくなかった。

ゆっくりと考えて、でも、そうかもしれない、とじんわり思う。さっき谷崎くんと辰ちゃんこに敵の弱点を伝えるとき、大声を出した。けれど、わざわざ焦《あせ》って伝えなくても、あのふたりなら負けないことはわかっていた。だから僕の中にあった感情は心配よりも、興奮だったのだろう。

そんなタイプじゃないのにな、と自嘲《じちょう》して片頬を上げる。どうにも今日は調子が狂う。なんとなく、自分の手に視線を移し、刀をまだ握りこんでいることに気づいた。切っ先から、黒い洋墨がぽたぽたと滴《したた》り続けていた。

知能なき眷属から得られる収穫はない。徒労感だけが残る。勘弁してほしいものだ。しかも、暴れまわったからだろう、作中の町民たちが野次馬のように集まり始めていた。

作中人物が認識できる対象は限られる。眷属は認識されない。眷属自身がそういう性質を持っているからだ。侵蝕者に忠実であるがゆえに、侵蝕者の作ったストーリーにとって自身がノイズになることを避けているのだろう、と言われている。一方、侵蝕者自身は認識される。彼らは、ここでは作中人物に化けているからだ。

僕たち作家はというと、特殊だ。認識の内にも外にもなれる。

髪の天辺《てっぺん》から足の爪先《つまさき》まで洋墨製の思念体となった僕たちは、作家として偽《にせ》の情報を描写できる。有碍書に、こんな一筆を添えればいい。

〝芥川龍之介の気配を町民が感じることはない。〟

実際にペンを取り出して書くわけじゃない。ただ、思い描く。一般人が書くよりももう少しだけ、作風と状況にマッチする文章を。すると、僕たちの洋墨が有碍書の文中に溶け出し、馴染んでゆく。改変の上に改変を重ねる罪悪感もあるけれど、そもそもは本を守るためだ。侵蝕者を特定するまでは仕方ないと割り切っている。

「騒ぎが大きくなる前に、ずらかろう」

寛が先陣を切る。僕も続く。

僕たちが衆目を避ける理由は、主にふたつある。ひとつは侵蝕者の筋書き《プロット》を不必要に壊しすぎないため。僕たちの存在も、眷属と同じように、ストーリー上は必要のないノイズだ。目立ちすぎるとストーリーが筋書き《プロット》からずれすぎて、侵蝕者の文意を読みづらくなる。もうひとつは、眷属を呼び寄せないため。眷属は作家の痕跡《こんせき》を嗅《か》ぎつける。しかも彼らは、侵蝕者を止めない限り、ほぼ無限に湧《わ》き続ける。

だから僕たちは、自分の痕跡を消し、そそくさと人ごみをかき分けて去る。結果、人々は「腸道のブロック塀が老朽化のせいか急に壊れた」とだけ認識する。

二

「しかし、この町の作りこみには驚かされますねえ」

谷崎くんが、ひゅう、と口笛を鳴らす。その感想には僕も同意だった。

たとえば風景画では、手前のモチーフほど密度を濃く、遠くのモチーフほど密度を薄く描くことで、リアリティを上げる。文章にもこれと似た考え方がある。描写は、足りなくても、過剰でもいけない。有碍書の内部世界は一般的に、侵蝕者の思念が強すぎて、ひとりよがりな描写になりやすい。たとえば侵蝕者が訪れたことのある建物は詳細に描かれ、他は疎《おろそ》かになるというような。あるいは、特定の人物の顔だけ黒塗りされていたり、特定の施設だけ外装が禍々《まがまが》しかったり。

その点、この町は随分きっちりしている。プロの作品と比べると拙《つたな》いものの、風景として、鑑賞に堪えうるクオリティがある。理由は技術というよりも、人から見られることへの意識だろうという気がした。

「ああ、文体のバランスがいいな。尖《とが》りすぎてもいないし、平易すぎもしない」

僕は、へえ、と思わず声を漏らす。

「驚いたな。寛が侵蝕者の文体を褒めるなんて」

「ん？　ああ、悪い。無神経だったな」

「いや、皮肉じゃなくてね。素直に珍しいなと思って」

寛は一瞬黙った。「そうだな、確かに」と顎に手を当て、自分でも理由を考えているようだった。

「どうしたの？」

「いや、なんでもない」

彼は頭をかいたが、結局、それ以上なにを言うわけでもなかった。

「でも、これだけ改変されていると、どこから調べたらいいのかわかりませんね」

辰ちゃんこが、町を観光客みたいにきょろきょろと眺めながら、唇を尖らせている。

侵蝕者を見つけるもっとも順当な手段は、原作との違いを捜すことだ。違いをいくつか並べて全体を俯瞰《ふかん》すれば、侵蝕者の文意も浮き上がってくる。ただ、今回は違いが多すぎて難しい。

「こういう場合は、主人公を捜すのが手っ取り早いんだけどね。侵蝕者は主人公に感情移入することが多いから」

まだ潜書の経験が浅い辰ちゃんこに、僕は説明する。

「なるほど！　でも、地獄変の主人公って」

「ああ、良秀だ」

平安時代の絵師。現代を舞台に、どこを捜せばいいかはやはりわからない。

「結局どうしようもないってことですか？」辰ちゃんこが不安そうに眉を下げる。

「いや。直接でなくても、主人公と関わりそうな事件の導入を捜す手がある。たとえば路地裏に消える猫、忘れられたアタッシェケース、肩のぶつかったサングラスの女――」

と、言い終えるよりも早く、僕の視線は、道の先に気になるものを見つける。ほぼ同時に、辰ちゃんこも気づいたのだろう、声を上げた。

「あ、犬！」

薄汚い犬だ。元は白いのだろうが、泥色といっていいまでに汚れている。野良《のら》だろう。その犬は角を曲がり、路地裏へと入ってゆく。

「猫じゃないですけど、一応追いかけますね？」

そう言って振り返る辰ちゃんこは、すでに駆け出している。

「ん、ああ――」

都合がよすぎる。そんな気がして、僕は一瞬言葉に迷った。罠《わな》ではないか？　と内心で警鐘が鳴る。でも、おそらく考えすぎだ。眷属なら、さっきのように必ず洋墨を漂わせた、一目でわかる姿をしている。侵蝕者本人なら動物に化けている可能性もゼロではないが、わざわざ自分から姿を見せるのはリスキーすぎる。結局、「一応、隠れた敵がいないかは、気をつけて」とだけ僕は言った。

「はい」

辰ちゃんこが意気揚々と犬を追う。僕らも、彼を孤立させないように続いた。

角を曲がる。敵は出てこない。本当に、ただの野良だったようだ。

その証拠にその犬は、別の野良犬に伸《の》し掛かって、腰を振っていた。

「……違った、みたいですね」

辰ちゃんこが、少し顔を赤らめて苦笑する。僕も寛も、頬を引きつらせるしかなかった。谷崎くんだけが、うふふ、といつもより一段低い声で笑った。

僕は額に手のひらを当て、唇を尖らせ、ふううと長い息を吐く。頭を冷やそうと決めた。


事件の取っ掛かりがないならば、せめて情報量が多そうな場所へと足を向けるしかない。人の流れに沿って活気の強い方向へ進んでいると、道すがら町内案内図を見つけた。

寛が笑う。

「こんなところまで作りこんであるとは、助かるな」

この町は、四キロメートル四方ほどのようだ。

「調査の役に立ちそうな施設を覚えておこう」

僕は地図の全景を左上から右下へと指でなぞってゆく。

まず、北西は山だ。山沿いは住宅街で、印象的な施設はない。

北東には寺がある。情報の期待度は低そうだが、生と死を想起させる場所ではある。地獄変というテーマからすると意識しておいてもいいかもしれない。

西には駅。そういえばさっき蒸気機関車が見えたな、と思い出す。現在地からもっとも近い。

南東には図書館。ここはぜひ見に行きたい。侵蝕者になる人間は例外なく、本に執着している。決定的な痕跡が見つかる可能性がある。

「まず向かうべきは、駅だね」

と僕は言った。

「近いし、この中で一番、人が多そうだ。聞き込みをしてから、他の場所を当たろう」

「なるほど、さすが芥川さんです！」

ふふん、と鼻を高くしていると寛が口を出す。

「おい堀、騙《だま》されるなよ。龍はな、自分の都合のいいように言っているだけだぜ」

え？　と目を丸くする辰ちゃんこに、僕はぺろりと舌を出す。人差し指と中指を立て、その隙間を吸ってみせた。

「駅前って灰皿、あるよね？」
頭を冷やすには、煙草《たばこ》に限る。

転生前の芥川龍之介はヘビースモーカーだった。その特性は僕にも受け継がれている。有碍書内での喫煙は、吸い殻に気を配らないといけない。万一、ぽい捨てでもしようものなら、眷属をおびき寄せる要因になる。しかしこれが、作中の灰皿に捨てると眷属が反応しない。どうやら灰皿に入った瞬間に「作家が落とした吸い殻」から「作中の灰皿の一部」に定義が変わるからららしいのだけれど、僕も詳しい理屈はよくわかっていない。

ともあれ、灰皿を捜して地図どおりに歩くと、直線の先に駅が見えてきた。二階建てで瓦《かわら》の三角屋根、白塗りの壁には丸い時計が埋め込まれている。車道にはロータリーがあり、タクシーが定期的に入れ替わっている。人通りもそこそこある。東京ほどではないが、地方の中核都市くらいの規模だ。ロータリーを囲む歩道沿いに、いくつかの店がある。書店、薬局、大判焼き屋などが狭そうに肩を寄せ合っている。もっと手前、ロータリーの入口に当たる場所に、煙草屋を見つけた。店先にスタンド型の灰皿がある。金属製で、脚が細長く、接地面と灰皿部分だけが円錐《えんすい》形に広がったものだ。

「やった」

と僕は小走りで向かう。こけるなよ、と寛が後ろで言っている。

店の前まで来て、ガラス窓の中をちらりとうかがう。ちぢれた白髪の、目を開けているのか閉じているのかわからない老婆《ろうば》の顔があった。微動だにしないその姿は、手入れされていない墓石のようでもあり、高次元から俗世を見つめる地蔵のようでもある。つい視線を奪われつつ、胸元から敷島の箱を出しているうちに、寛たちが追いついた。

「ばあさん、新聞をひとつもらうぜ」

と彼は言って、値段ちょうどの小銭をガラス張りの窓の前に置く。言われて見てみれば、確かに店先の網棚には新聞も差さっている。

有碍書内の新聞を見ておくのも、セオリーのひとつだ。作中人物と同じく筋書き《プロット》に忠実なため、情報を信用できる。なにより物語の導入とは事件で、事件が載るのが新聞だ。老婆は素早く窓を開けて小銭を握り取り、また閉める。岩場に潜んで餌《えさ》を待つ蛸《たこ》みたいな動きだった。

僕は敷島に視線を戻し、中を見て「ああ」と悲鳴を上げた。

「煙草、潰《つぶ》れちゃった」

潜書の前から胸に忍ばせていたものだ。さっきの戦いの衝撃でだろう、くにゃんくにゃんに、ひん曲がってしまっていた。谷崎くんが不思議そうに言う。

「それも描写で作りだせないのですか？　すぐに灰皿に入れるなら、眷属も寄ってこないでしょう」

「味が全然違うんだよ。悪いんだけど、煙草持ってない？」

「持ってませんね」

「辰ちゃんこは？」と、縋《すが》るように見る。

「パイプならありますよ」

彼が懐《ふところ》から取り出したのは、なめし革製の、おたまじゃくしに似た容器だった。開くと、小ぶりなパイプが出てくる。ボウルはベージュで、マウスピースは深い茶。温かみのある配色だ。僕の頬は思わず緩んだ。

芥川龍之介《生前の僕》が彼に贈ったものだ。以前の潜書でも借りたことがあるから、きっと持っていてくれると思った。

「葉っぱは数回分しかないから、大事に吸ってくださいね」

と辰ちゃんこが微笑み、差し出す。

転生後の彼がどうやってそれを入手し直したかは知らない。博物館の品を当たってくれたのか、あるいは転生するときに、それごと顕現されるくらい強く思ってくれていたのか。確認することでもない。ただ僕は、

「ありがとう」

と受け取る。それをあげたのが芥川龍之介で、僕ではないとしても、僕の気持ちは温かくなる。以前そうしたみたいに、照れ隠しに彼の頭を撫《な》でようとしたけれど、顔を赤

くして避けられた。だから僕は笑ってチャンバーに葉を入れた。リップを咥《くわ》え、ブックマッチを擦る。火を葉に灯し、丁寧に吸い、舌の上で味わってから、ぼうと紫煙を吐く。

新聞を見ていた寛が低い声で、唸《うな》るように言った。

「龍、当たりだ」

「ほんと？」と、僕は顔を向ける。

「ああ。まずは日付だ」寛は紙面の端を軽く折って、こちらに見せる。

新聞には普通、発行日が印刷されている。それを見れば、今が何年の何月何日かを確認できる。

三人が一斉に注目した。年号は残念ながら黒く潰されていた。だが、日付はくっきりと見えた。

「七月二十四日」

僕は息を飲む。谷崎くんも辰ちゃんこも呼吸を止めたのがわかった。

「ああ、私の誕生日ですね」と、谷崎くんがはぐらかすように言った。それは他三人への確認だろうと、きっと三人ともが理解していた。谷崎くんの誕生日が、同時にもうひとつの意味を持っていることを、ここにいる者なら全員が知っているからだ。

七月二十四日。

芥川龍之介が自殺した日。

寛が新聞紙を裏返し、トップ記事を僕らに見せる。

「それだけじゃないぜ。ざっと見たところ、これが調査の本命だ」

大きなゴシック体の見出し文が、どん、と目に入る。それは朗報であると同時に悲報だった。

——良秀の墓、本日取り壊し。

ようやく僕たちは、主人公を見つけた。

だが、すでに死んでいる。

三

すぐさま、四人で手分けして聞き込みを始めた。あらかた情報を集め終えたときには、二時間ほどが経《た》っていた。日は天辺に至りつつあった。

情報を整理するために、駅前の喫茶店に入った。

ドアを開けると、ベルが丸い音をカランコロンと鳴らす。この音が耳障りな店はその時点で踵《きびす》を返したくなるが、ここは真鍮《しんちゅう》製だろうか、文学的な音色で好ましい。

最初、店員の反応はなかった。そういえば表に営業中の札は出ていなかったかもしれない。でも準備中ともなかったな、と思っていると、店内奥の、手洗い場の扉が開き、人のよさそうな店員が笑顔を見せた。

「いらっしゃいませ。失礼いたしました、お好きなお席へどうぞ」

四人掛けのテーブル席に座る。僕と寛、谷崎くんと辰ちゃんこがそれぞれ隣同士で。

壁は黄ばんでいた。だいぶ年季の入った店舗なのだろう。でも嫌な感じはしなかった。

店員が厨房《ちゅうぼう》でいそいそと用意している間に、メニューをテーブルの上に開いた。

水が来るタイミングで寛が注文する。

「俺はアイスのブラック。あとビスコッティを。龍は？」

「ブレンドを」

「えっと、じゃあ僕は、アッサムを」

「私もブレンドと、あとパフェを」

「パフェ？」

と、他三人の声が揃《そろ》う。

「だって、夏ですし」谷崎くんは、店員に不審がられないよう描写の衣を纏いつつ言う。

「ここじゃいくら食べても太りませんし」

「いや、そりゃそうだが」

「それを言うなら、食べなくても死なないんだけどね」

空腹は感じるし、そういう攻撃手段の侵蝕者がいるとさえ聞いたことがあるが、すべては精神への攻撃だ。極端な話、心を強く持てばなんとかなる。

「とはいえまあ、美味《おい》しいものを食べると心が多少回復する、という見方もあるのかな」

「確かに、美味しそうではありますもんね」と、辰ちゃんこまでが喉を鳴らしはじめる。

「でしょう？　貴方《あなた》も食べます？」

「いえ、お腹《なか》が冷えてもいけませんし」

「そ。どっちにしようかなあ。じゃ、こっちのあんこパフェを」

谷崎くんがメニュー表を指す。なるほど、チョコレートパフェとあんこパフェの選択か、確かに悩ましい。一見、チョコレートの方が王道だが、あんこパフェはアイスクリームを抹茶味と栗《くり》味の二種類楽しめるようだ。こういった和洋折衷の甘味は生前には珍しかったが、最近では手軽に食べられる。甘党だった先生のことを、少し思い出した。

飲み物は手早く揃った。寛が、冷珈琲《アイスコーヒー》で唇を一度湿らせてから話をきりだした。

「謎《なぞ》は、全部で三つ。まず、駅の構内だ」

僕らは聞き込みをするためにまず、人の多そうな駅舎内に入ろうとした。外装は二階建ての立派な駅に見えた。

けれど中は、天井が高いだけの、なにもない空間だった。駅員がいるとかいないとか、改札があるとかないとかの話ではない。ただの空き倉庫のように、なにもないのだ。利用客など当然おらず、僕たちは取って返して、駅前の、商店の利用客から情報収集をすることとなった。そういう意識で見ると確かに、彼らは誰一人として駅に入っていかないし、駅から出て来もしない。気づいたとき、僕は怪談でも体験したような、冷えた心地がした。

「あの駅は一体なんだと思う？」

と、寛が僕たちに視線を配る。

「これまで、街並みをきちんと描写していた点から考えると不可思議だろう」

「まったくわからないね」

と、僕は返す。

辰ちゃんこも同意するように深く頷《うなず》いた。谷崎くんは天井を仰ぐようにして、なにかを考えている様子だった。表情はいつもどおりの穏やかな微笑だったが、意識は遠くにあるようだった。

寛もしばらく顎に手を当てていたが、結局答えは出なかったのだろう、続けた。

「まあいい。駅は原作に登場しない。普段ならそういう違和感から調査するのがセオリーだが、今回は原作にないものの方が多い。逆に、原作と関わるものからついていこう」

「良秀だね」

「ああ」

僕たちは反省しなければならない。

地獄変はまったく異なる世界に作り変えられた、と思い込んでいたが早とちりだった。

寛が言う。

「ここは、地獄変から数百年後の未来だ」

それが、聞き込みからわかった、もっとも大きな事実だった。

寛は、指をひとつずつ折りながら続ける。

「この世界では、良秀は原作どおりの天才絵師として生きていた。その娘もいた。娘が燃える牛車《ぎっしゃ》で死んだ事件も実在し、それを苦にして良秀が首を吊《つ》ったというエピソードも、ちゃんと存在している。完全に地続きの未来だ」

「かなり異質な改変だ」

「ああ、少なくとも俺は、過去に例を知らない」

原形をとどめないほどに改変していると思わせてその実、不気味なくらい丁寧に、原作の未来編という二次創作をしているのだ。

「けれど、地獄変をベースにしているのなら、原作で重要だったモチーフを調べれば文意を読み取れるはずだよね」

侵蝕者が作品を捻《ね》じ曲げるのには、彼らなりの理由がある。理由を辿《たど》れば、侵蝕者に辿り着く。

――良秀の墓、本日取り壊し。

取り壊しということは、この世界には良秀の墓が残されているということだ。何か意図がありそうなものだ。

「良秀の家の跡にあるんだとよ。もう管理する者がいなくて、それでも取り壊されず」

「呪《のろ》い、だとさ」

「むしろ、なんで今まで壊されなかったの？」

「呪い？」

――良秀の呪いをね、恐れていたんですよ。

と町民は言っていたらしい。

――娘の死体がね、消えていたんです。

地獄変のクライマックスをもう一度、思い返してみる。

良秀は地獄変を描くにあたり、燃え上がる牛車の中で苦しむ女人を見たがった。そこで大殿に牛車の用意と、それを燃やす許可を頼むが、当日用意された牛車の中に入っていたのは愛娘《まなむすめ》だった。良秀は娘を助けず、彼女が燃やされ悶《もだ》え苦しむ様を目に焼きつけたのち、傑作を描き上げた――

「この牛車が燃え尽きたあと、娘の遺体を供養《くよう》しようと、周囲の者が中を検《あらた》めたようだ。

だが、そこには彼女の骨すらなかった」

　これが、謎のふたつ目だ。

「原作には書かれていない、オリジナルの筋書き《プロット》だね」

「ホラー小説みたいですね」と辰ちゃんこが肩を震わす。

「それか、ミステリ」と谷崎くんが微笑みながらブレンドを啜《すす》る。

「ああ。だが、この世界が有碍書である以上、遺体を消すのに呪いもトリックも必要ない。侵蝕者がそう描写をすればいい。だからここで大事なのは、侵蝕者はなぜ娘を消したのか、だ」

　僕たちは純粋な読者でなく、侵蝕者を追う狩人《かりゅうど》だ。文意《ホワイダニット》こそ兎《うさぎ》の足跡だ。

「他に手がかりは？」

「猿の死体は残っていたらしい」

「猿？　ああ――」

　地獄変の主役級といえる作中人物《キャラクター》は良秀と、娘だ。その娘は、大殿の邸《やしき》に上ったあと、大殿に献上された猿を可愛《かわい》がっていた、と描写されている。

　猿の名前は、娘の父と同じ「良秀」。だが、それは娘がつけた名ではない。良秀自身が猿に似ていて、陰で猿秀と呼ばれていた蔑称《べっしょう》に由来する。そんな猿が、あるとき若殿の柑子《こうじ》を盗んで折檻《せっかん》されそうになった。娘はそれを必死に守り、以来猿は娘を慕った。

だからだろう、娘が牛車で焼かれる際、余所《よそ》に繋《つな》がれていた猿が、どのようにしてか現れて、牛車に飛びこみ、娘と一緒に焼け死んだ。

「切ない話ですね」

と、辰ちゃんこが言う。

「うん」

と、僕も頷く。

「けれど、一般的な視点から見るなら、猿は物語の大筋には関わらないよ。たとえば地獄変をあらすじにまとめたとき、存在を端折《はしょ》られるタイプの作中人物《キャラクター》だ。今回も、猿の死体が娘と一緒に消えていたなら意味深だけれど、残っていたなら、特別な意味はなさそうだ」

ふと、谷崎くんが僕を見た。

「一応確認なのですが、原作では、娘と猿の遺体は両方残っていたんですか？」

「ん？　いや。描かれていないよ」

「描かれていない？」

「燃え上がる牛車を眺める良秀に、周囲の者たちは威厳に近いものを感じ取る。そのあとはシーンが切り替わって、もうエピローグだからね」

「へえ。じゃあ厳密には、この描写は原作をいじってはいないのですか」

「まあ、無理やり好意的に捉《とら》えるならね」

店員がパフェを運んできた。谷崎くんが受け取る。彼はさっそくホイップクリームに先割れスプーンを刺し、掬《すく》い取り、それを舐《ねぶ》った。柔らかな白が彼の潤《うるお》った唇に少し残る。もうすっかり甘味に興味が移ってしまったのだろうか、彼はそれきり黙った。

代わりに辰ちゃんこが、寛に訊《き》いた。

「町の人は、娘の遺体が消えたことについて何か言ってました？」

「娘と一緒にいたくて、良秀が地獄に連れて行ったんじゃないかとさ。娘は良い子だったから極楽へ、良秀は子殺しの悪人だから地獄へ落ちる、そうして離れ離れになるのを寂しがったんだろう、という怪談だ」

「それはおかしいね」と僕は口を挟む。

「え、どこがです？」

「時系列が。良秀が首を吊ったのは、娘が死んだ後だ。『良秀が地獄に連れて行きたくて娘を』という理屈付けは成立しない」

「あ、確かに」

「きっと、数百年を経る中でついた尾ひれのようなものだろう」

こういうことはよくある。作中人物は嘘《うそ》をつかないが、かといって真実を語っているとも限らない。

寛が冷珈琲を啜る。黒い水面に跳ね返された息が、彼の長い前髪を湿らす。

「だが、良秀の呪いと言われる理由はもうひとつあるぞ。良秀の墓からは、夜になるとたまに、甲高い奇声が聞こえるらしい」

「カラスかなんかじゃなくて？」

「もっと異質な、甲高い叫び声だとよ」

「へえ。まさに呪いって感じだね。でも、そこまで不気味な墓なら、なんで今さら取り壊そうとしてるの？」

「時代が進んで、その迷信を信じる人間が減ったんだとさ」

それは、僕も聞き込みをしながら感じたことではあった。良秀？　誰？　という反応も少なくなかった。この世界では必ずしも、彼が主人公ではないのかもしれない。

とはいえ、僕が訊きたかったのはそういうことじゃない。

「それは取り壊す作中人物視点での意図でしょう？　そうじゃなくて、侵蝕者《しんしょくしゃ》視点で、なぜ壊そうとしているかってこと」

「そりゃあ、良秀というキャラクターに思い入れがないからじゃないか」

「思い入れがなければ、わざわざ怪談つきの墓なんて作ってスポットライトを当てないよ。こんなにも目立つということは、著者の思い入れが強いということだ。その思いが正負どちら向きのものにしろ」

「なら負だ。取り壊すわけだから」

「そうだね。でも、どうして数百年後の世界で？」

「わからない」

「侵蝕者が良秀を嫌悪《けんお》して、その良秀を凄惨《せいさん》に殺すまでの筋書き《プロット》を作った、というのならまだわかる。けれど今回、良秀は物語の開始時点で死んでいる。こんなシーンは、普通ならエピローグだ」

「ああ」

「侵蝕者はこの先の頁に、何を書くつもりだろう？」

「わからないな」

寛だけじゃない。僕も、辰ちゃんこも谷崎くんも、その場にいる誰も答えられなかった。僕は、メニュー立ての傍にあった銀の灰皿を手元に引き寄せる。胸元からパイプと葉を取りだす。するとすかさず、店の奥から店員が言った。

「申し訳ございません、禁煙の時間帯でして」

壁かけ時計を見る。十一時半過ぎ。いつのまにか、昼飯時だ。生前はそんなことなかったのだけれど、最近では禁煙という言葉が聞かれるようになり、時にはこうして、煙草の吸えない時間帯を設ける店も出てきている。それが有碍書《ゆうがいしょ》内でも反映されているのだろうか。嘆かわしい。人類の退化を感じる。

店員が、各席の灰皿を順に下げてゆく。

「表に灰皿は？」と、僕は訊く。

「申し訳ございません」

「そうですか」

正直、それだけで店を出る理由になるのだけれど、みんなに協力してもらっている手前、わがままは言わなかった。でも、ふと視線を隣にやれば、寛が僕を見て微笑んでいた。よほど、僕の表情に本音が滲《にじ》んでいたのだろうか？　彼は僕を気づかうように言った。

「そろそろ動くか。良秀の墓の場所は、町民から聞いてる」

「悪いね」

「いつものことだ」

「あ、ならその前に私、お花を摘みに失礼します。お腹が冷えてしまいまして」

と谷崎くんが立ち上がる。いつのまにか、パフェを食べ終えている。「だから言ったのに」と辰ちゃんこに心配されている。しかしそれにも店員が頭を下げた。

「申し訳ございません、お手洗いはただ今清掃中でして」

「あ、そうなの。仕方ないなあ。じゃあ公衆便所の場所を教えてくださいな」

僕は手洗い場に目をやる。確かに、清掃中の札が扉にかかっている。そういえば、店に入ったときにも店員はそこから出てきた。

「もつか?」寛が心配そうに声をかける。

「ええ、平気ですよ。我慢するの、嫌いじゃありませんし」

寛は苦笑し、伝票を摘まみとった。気づけば、三十分ほど話していた。

四

公衆便所までは思ったよりも距離を歩いた。その間、谷崎くんは、いひひ、と薄気味悪い声を漏らしていた。僕は心配になり、背中をさすってあげた。けれど「放っといてください、この瞬間を愉《たの》しんでいるんですよ」と言われてやめた。彼の便所は長かった。待ちくたびれた頃に戻ってきた彼は、余韻が残っているのか、まだ少し様子が変だったけれど、僕はもう何も言わなかった。

良秀の墓に向かった。駅前から住宅街までは徒歩二十分といったところで、その途中に物寂しい田舎道を通る。周囲に人気はほとんどない。夜はなおさらだろう。奥まった道の先、山際《やまぎわ》にぽつんと、良秀の家の跡地があった。

脆《もろ》そうな木の柵《さく》に囲まれた、土が剝《む》き出しの、十坪ほどの土地だ。その中央に墓石と呼ぶにはみすぼらしく簡素な、太ももくらいの太さの石が一本、突き刺さっていた。石を支える上台も中台も、花立も、香炉もない。墓というよりは慰霊碑に近い。表面に、良秀之墓と彫られている。

ふと、僕は違和感を覚えて棒立ちになった。

「綺麗《きれい》な慰霊碑ですね」

と脇《わき》で辰ちゃんこが呟《つぶや》く。それを聞いて僕は、そうだ、と声を上げる。

「この描写は妙だ。地獄変の原文と明らかに異なる」

「なにが？」と寛が目を鋭くする。

「地獄変における良秀の墓の描写は、こうだ」

――尤《もっと》も小さな標《しるし》の石は、その後《のち》何十年かの雨風《あめかぜ》に曝《さら》されて、とうの昔誰の墓とも知れないように、苔蒸《こけむ》しているにちがいございません。

「こんなに、綺麗なはずがないんだよ」

「なるほど。だが、どうして」

「わからないな。良秀への嫌悪感のようなものを原動力に侵蝕を進めているなら、墓は苔むしている方が自然だけれど――」

「町民たちの話からしても、そうだったな。手入れはされていないはずだ」

僕は墓の向こうに視線をやる。

「裏手は山か」

墓のすぐ裏から山への道が続いている。植物が墓にしだれかかって不気味さを演出している。

みんな揃って山の方を見つめ、口を閉ざしていた。独特の張りつめた空気があった。

そんなとき寛が、喫茶店から持ってきていたビスコッティの余りをふいに取り出し、がじりと噛《か》んだ。辰ちゃんこが、ひ、と肩を震わせて振り向いた。

「や、やめてくださいよ、びっくりするじゃないですか」

「ん？　ああ、悪い。小腹が空《す》いちまって」

それで緊張が解ける。僕は、ふっと笑う。寛にほぐしてもらってばかりいるように思う。ここらでひとつ、お礼をしておこうという心持ちになった。

顔を赤らめる辰ちゃんこと、全然悪びれていない寛。その寛の背後に、そうっと歩み寄り、息を吸い、声を張った。

「わ！」

「おうん!?」

寛がびくんと跳ね、それからゆっくりと振り返って僕を睨《にら》みつける。

「龍、お前なあ」

「お返し」

「お返し？　俺が何をしたってんだ」

「ふふ」と辰ちゃんこが笑う。「菊池さん、人を脅かした罰ですよ」

「俺は別にそういうつもりじゃなかったんだって」

寛が、服についたビスコッティの滓《かす》をぱんぱんと払う。視線を地面にやる。滓には、あっという間に蟻《あり》が群がってくる。このあたりは妙に蟻の巣が多いようで、それもまた不気味だ。寛が、ふうと息をついてから言った。

「結局、幽霊の奇声とやらは聞こえないな」

「まあ、まだ日が出ているからじゃないかな。聞こえるのは夜なんだろう？」

「ああ、町民の話では。明るいうちに出る幽霊というのもおかしいしな」

「かといって、このまま夜を待つのも疲れるよねえ」

「そろそろ戻ります？」

と辰ちゃんこが子犬のように僕をうかがう。

潜書から帰るときというのは、基本的にふたつだけだ。ひとつは、シーンの終わりに行きついたとき。有碍書のシーンは大抵ぶつぎりで、それぞれが完璧《かんぺき》には繋がっていない。そういったシーンの最後の頁《ページ》、最後の行に行きつくと、あらゆる物が停止する。そうなれば一旦《いったん》帰るしかなくなる。次回は、続きのシーンに潜れるようになる。もうひとつは、精神力の限界が来たときだ。潜書している間は思念体だから、いる時間に比例して、あるいは戦闘や描写の数を重ねるほど、消耗する。本を長時間読むと疲れるのと同じように。

今回は、結構な時間を潜っている。そのぶん情報の集まりも悪くない方ではあるが。

「ああ。でも最後にひとつだけ見て帰ろう」

と僕は言った。


今回の調査の締めくくりとして向かったのは、図書館だ。地図で見てから気になっていた。調べないわけにはいかないだろう。しかし、そこで僕たちは違和感を覚えた。寛が強い語調で言った。

「こりゃ、どういうことだ」

「僕たちを困らせるための攪乱《かくらん》、ではないんですよね?」と辰ちゃんこが僕を窺《うかが》う。

「ああ。有碍書の世界は、侵蝕者の素直な気持ちが反映されるものだ」

言いつつ、自問自答する。

——だとしたら、なんだ? これは。

図書館の内部は、がらんどうだった。先に見た駅の構内と似ている。

だが、駅と図書館では、こうなっていることの意味が全然違う。侵蝕者は例外なく、本に異常な執着を持つはずだ。にもかかわらず、館内にはなんの飾り気もなかった。

大きさ自体は、通常の図書館をイメージさせる広さがある。しかし、まっ白な壁。床。

天井。その真ん中に、白い、引き出し付きのサイドテーブルがひとつ置かれているだけだ。他には何も――本棚も、座って読むための椅子《いす》も、貸出のためのカウンターも――ない。掲示物もなければ、当然のように司書もいない。本当の静寂が、だだっぴろい空間を満たしていた。

この印象は、なんというか。

「病室」

ふいに口をついて出た言葉が、壁に反響する。その声に、自分で納得した。そう、ここはまるで病室だ。サイドテーブルに歩み寄り、引き出しに手をかけてみる。帝國図書館の自室がフラッシュバックした。僕の、誰にも見せたくない手紙が収められている引き出しが。

指先に力を込める。開ける瞬間、

――先生。

と、どこかから声が聞こえた気がした。僕は目を見開く。

けれど、すぐ冷静になる。きっと僕の心が囁《ささや》く幻だろう。僕はこんな場所でも、夏目先生を頼ろうとしている。息を長く吐き、中を見る。一冊だけ、本が入っていた。

「地獄変」

無意識にその名を口にしていた。帝國図書館に収められている本とは異なる造形だ。

一般に流通している、他の短編も収められた文庫本に見える。手に取って開き、頭から流し見た。なんとなく予想できていたけれど、地獄変以外の頁は白紙になっていた。地獄変だけが、原典どおりのようだ。ただ、その最終頁で手を止めた。

「最後の一文がない」

良秀の墓についての描写だ。

――尤も小さな標の石は、その後何十年かの雨風に曝されて、とうの昔誰の墓とも知れないように、苔蒸しているにちがいございません。

この一文だけが消えている。その文章は地獄変の本編というより、エピローグに近い。すべてのお話が終わって、あとは綺麗に幕を閉じる、そのために添えられた余韻としての語り。読者の多くは記憶もしないような。なのに、この世界は、そこに妙にこだわっているようだ。良秀の墓だけは、時を経ても苔むしていない。

顎《あご》に手を添えて考える。

――侵蝕者は、一体なにを訴えたいんだ？

「すごい熱意ですね。愛情たっぷりだ」

と、唐突に背後から声が聞こえて驚く。彼の声を、久々に聞いた気がした。振り返ると、谷崎くんの白くて美しい顔が目の前にある。

僕は慌《あわ》てて、視線を本に戻す。

「これを愛とは呼べないよ。人の作品を汚《けが》しているのだから」

「たとえ妬《ねた》みや恨みであれ、これだけ強く思う気持ちは愛でしょう」

「それは言葉遊びだ。殺意も偏愛と言い換えることができる、というような」

「そのとおりです。感情に本来、名称はない。私たちが勝手に分けているだけ。むしろ世の愛すべてが偏愛ですよ」

つい、彼をまじまじと見た。

「君、侵蝕者の肩を持つのかい？」

「私は、どのような形であれ、愛には優しいだけですよ」

「愛の価値は受け手が決めるものだよ」

そこで言葉を止めてもよかった。正直、少し面倒くさい。でも僕は、ひと息に続けた。

「もちろん、片思いは美しい。けれど、それは思う側の中で完結する儚《はかな》さに価値があるからだ。相手に迷惑がかかるような愛は、相手に伝えるべきではない」

言ってから、少しまえ寛に諭された言葉が頭をよぎった。「熱くなりすぎるな」。確かに僕は今、熱くなっているようだ。夏目先生への気持ちを思い出したせいかもしれない。

谷崎くんを見る。彼は見るたびに美しさを増しているようにさえ感じる、つややかな唇の隙間《すきま》から、まっ白な歯を覗かせて笑う。

「違いますね、それは、あくまで一般論です」

「一般論と、ここでの話と、何が違うっていうんだい」

「貴方は作家で、この世界は、一読者が抱いた感想です。なら、貴方は真正面から受け止めなければならない。作家には、その義務がある」

はっきりと通る声だった。彼の表情は一見、微笑《ほほえ》みのようだ。けれどそこに怒りを読み取ることだってできる。あるいは、僕の中の罪悪感がそう見せただけかもしれないけれど。僕は、明確な答えを返せなかった。

寛が、自身の首の後ろに手を当て、ほぐすように、ぐる、ぐると頭を回した。

「ま、何にせよよくわかったのは、ここの大将は地獄変をよく読みこんでるってことだ。安直に良秀を出すのでなく、その数百年後の世界を書いたんだから。墓の取り壊しという題材で」

谷崎くんがようやく僕から離れる。

「誇るべきことでしょう。中身をいじくりまわすくらい熱心な読者がいるんですよ、ねえ」

「でも、だからって大事な作品を汚すのは、やっぱり違うと思います」

と、辰ちゃんこも食いつく。辰ちゃんこは大人しく見られがちだが、内側に熱い信念を持っている。

「二次創作は原作への尊敬がなくてはいけません」

「もちろん。そのうえで、汚すことでしか表現できない愛情があるんですよ」

「作品を汚すことを許されるのは著者だけです。読者の終着点は読者の中だけにあるべきです」

「その理屈だと書評を公開することも禁じられてしまいますよ」

「あくまで、作品に手を入れる権限という意味で、です」

「形式にとらわれ過ぎていませんか？　ひとつの書評が世に出たことで、その作品の読み心地が左右されることはいくらでもある。これは作品に手を入れたのと至極近い効果を生んでいます」

「でも明確に違う。音楽に解説文を付けるのと、音色をいじってしまうのでは、まったく」

「そのとおりです」

「え？」

「当たり前じゃないですか。侵蝕者なんて許されませんよ」

三人ともが谷崎くんを見た。

「何を不思議そうな顔をしているんですか？　私が寝返ったとでも思いましたか」

辰ちゃんこが心底怪訝《けげん》そうに、珍種の細菌でも見るように目を細めた。

「谷崎さんは、つまり、何が言いたいんですか」

「侵蝕者というのは書き手である前に、こういう議題を私たちに与えるための、読者代表なのかもしれませんね」

まとめるように谷崎くんが言って、それで話はなんとなく終わりのような空気を帯びた。辰ちゃんこは、なおもいくらか不満そうだったけれど。

僕は思考する。侵蝕者とは何なのか？

そんなもの、答えは出ないに決まっている。僕たちはそれになれないし、それになったときは、作家として大切な部位を失っているのだから。谷崎くんの言うとおり、侵蝕者もまた読者と考えるのならば、無理に答えを出さない方が誠実という気もした。

図書館を出ると、町の人々が動きを止めていた。

人は停止し、風は死に、音も匂《にお》いもない空間。そこに異物のように、僕たち作家だけがぽつんといる。まるで、僕たちの方が、本についた染《し》みみたいに。それは、シーンの終わりを示す情景だった。

「ここが終わりですか。静かな第一章、でしたね」と辰ちゃんこが呟く。

「そうだね」と僕は返す。

事件の導入となる猫、アタッシェケース、サングラスの女。その代わりは、良秀の墓でいいのだろうか？　だが主人公が死んでしまった世界で、これ以上どうやって物語を動かすのだろう？

わからない。今はまだ。

ともあれ、今回の潜書で僕たちが行ける頁と行は、ここまでだ。

個人的に、帝國図書館で調べたいこともできた。

「帰ろっか」

と僕は言った。帰還はいつだってできる。読者に、本を閉じる権利がいつでもあるのと同じように。僕らは、ただ想像するだけでいい。頁に栞《しおり》を挟み、顔を上げる瞬間を。

それまで目の前に鮮明に浮かんでいた空想がふっと容易《たやす》く散り消え、現実の色が目に飛び込んでくる、そこでやっと、ああそうか、僕は小説を読んでいたんだな、と思い出す、その寂しさと爽快感《そうかい》を。すると僕の肉体は潜書したときと同じように指先から綻《ほころ》び、洋墨《インク》の文字へと変化してゆく。恍惚《こうこつ》とした陶酔に浸っているうちに、へそから掬い上げられるように、意識が現世へと浮上する。

三章

無《む》間《けん》

私たちは我知らず、あっと同音に叫びました。壁代《かべしろ》のような焔《ほのお》を後《うしろ》にして、娘の肩に縋《すが》っているのは、堀川の御邸《おやしき》に繋《つな》いであった、あの良秀と諢名《あだな》のある、猿だったのでございますから。その猿が何処《どこ》をどうしてこの御所まで、忍んで来たか、それは勿論《もちろん》誰にもわかりません。が、日頃可愛《かわい》がってくれた娘なればこそ、猿も一しょに火の中へはいったのでございましょう。

――『地獄変』より

一

谷崎潤一郎は喫茶店を出たあと、公衆便所に向かった。他の三人は外で待たせていた。用は早々に足したが、手を丁寧に洗っていた。それでも緊張感は失っていなかったから、何者かの接近にはすぐに気づけた。

「場が悪すぎやしませんか」

と谷崎は、背後に迫る何者かに言った。「あまりに色気がありませんよ」

眷属《けんぞく》ではない、と谷崎にはわかっていた。ならば誰か。有碍書内《ゆうがいしょ》において答えはひとつしかない。侵蝕者《しんしょくしゃ》だ。なるほど確かに、ひとり厠《かわや》に入っているタイミングであれば各個撃破に最適ではある。ただ、それでも痕跡《こんせき》が残る。リスキーだ。まさか自分から接触を図ってくるとは想定外だった。

返事はないと思っていた。だから谷崎は言葉を発しながら、湿った手を薙刀《なぎなた》へと伸ばしていた。分は悪い。狭い場所で振り回しやすい武器ではない。ただ、指先の震えは恐怖からではなく適度な緊張からだった。このくらいの方が、谷崎にとっては調子がいい。やってやれないことはなさそうだ、そう思った。けれど。

「敵意はありません」

と、背後の何者かは返した。声音は中性的だった。けれど発声方法に女性独特の艶《つや》がない。男だろう。大人びた少年、という気もしたし、幼さの残る青年という気もした。いずれにせよ、想像より若い。町を描写した腕からして、ある程度歳《とし》を重ねていると推理していたが。

谷崎は鏡の前にいた。しかし自らの高い上背が邪魔をし、相手の顔を捉《とら》えられなかった。仕方がないので、探りを入れてみる。

「龍之介さんに用事があったのでしょう。人違いですよ」

「邪魔をしないでください」

谷崎の語尾に重ねるような即答だった。面食らい、苦笑する。

「邪魔は、しますねえ、あなたが文学を壊そうとする限り」

「これは必要な行程です」

「必要？　何に」

「芥川先生に」

谷崎は言葉に詰まった。何を言われても反論しようと構えていたが、出端《でばな》を挫《くじ》かれた。

先生？　今、彼は、芥川先生と言ったのか。

「詳しく訊《き》かせてもらえますか。貴方《あなた》は、龍之介さんのお知り合いですか？」

「いいえ。でも、あなたなら必要性がわかるはずです。谷崎潤一郎」

「私のことも知ってくれているんですね、光栄ですよ」

「あなたは特別な作家です。芥川龍之介と論争を繰り広げるだけの知性を持ちながら、その作風はいたって野性的で、文体は理性的だ。ある意味で理想的とも言える」

「ずいぶん高く買ってくださっていますね」

でも、彼が侵したのは地獄変だ。『春琴抄』でも『痴人の愛』でもない。ならばこれは形式的な会話、心理戦に他ならないだろう。

「駆け引きに応じるつもりはありませんよ」

「そんなつもりは僕にもありません。これは一方的な忠告です、谷崎潤一郎。邪魔をしないでいただきたい。芥川先生に協力するあなたの気持ちはよくわかっています。先生が亡《な》くなったとき、あなたが何を思ったか」

思わず、薙刀を握っていた手に力がこもる。声が一段、低くなる。

「軽々しく使っていい言葉ではありませんね」

「いいえ。僕はわかっている。その上で忠告に来ているのです。あなたこそ、忘れてはならないはずだ。僕たち侵蝕者は、あなたがた文豪のもっとも傍にいる読者。すべてを見ているということを」

彼が何を「見ている」と主張しているのかは、すぐに察せた。芥川龍之介は齢《よわい》わずか三十五で自ら命を絶った。動機は彼の遺書に記述がある。

——何か僕の将来に対する唯《ただ》ぼんやりした不安。

それだけではない。谷崎から彼への弔いの言葉もまた、この時代には文学史の資料として残っている。谷崎は赤裸々な後悔をそこに遺《のこ》した。自分は、芥川の弱さに気づけなかった、と。

侵蝕者は、そんな情報も読んでいる、と言いたいのだろう。

作家のプライベートを、大衆が読める状態で保管していることを、谷崎は良いとも悪いとも批評しない。デリカシーがないと言い切ることは容易《たやす》いし、特に芥川自身はその立場なのではなかろうかという気もしたけれど、谷崎はどちらかというと、それを甘んじて受け入れていた。作家という生き方は、すべてを曝《さら》け出すことだという気がしたからだ。

とはいえ、それを読まれた程度で、当時の谷崎の気持ちが理解されたとも思わない。そう言い返してやろうかと、喉元《のどもと》まで声が出かかりもした。

ただ、そこで必然的に思い出し、思い知らされることがある。ここにいる谷崎もまた、当時の谷崎潤一郎の心情を完璧《かんぺき》に把握しきれている保証などない、ということだ。すべての作家は転生したとき、過去と完全に同一ではなくなっている。

だから谷崎は、もう少しだけ侵蝕者の話を聞いてやることにした。情報を引き出せるかもしれない。

「貴方の目的は？」

「それは言えない。ただ僕は、芥川先生に用がある」

「直哉さんにも言ったようですね、龍之介さんを出せと。でも、それで？　私たちが彼をひとりきりで差し出すと思いますか。そんな仲間は、私たちの中にはひとりもいない」

「お仲間気分ですか」

「なにが悪い。すべてを知った気になっている読者になど、到底わかりはしない後悔が私の中にある」

谷崎の声には熱がこもった。

だが侵蝕者は臆《おく》さず、一拍置いてから、真《ま》っ直《す》ぐな声で答えた。

「それでも僕は、あなた方の誰よりも、芥川龍之介を愛している」

谷崎は言葉を失った。

愛？　恨みや妬《ねた》みの象徴である侵蝕者から聞かされるとは思っていなかった表現だ。

『蜘蛛《くも》の糸』を教訓の本として読む者は多い。僕も初めはそうだった」

何の話ですか、と谷崎はどうにか声を絞り出す。しかしそれは、侵蝕者が一方的に続けた声に掻《か》き消された。

「どこか力の抜けた釈迦《しゃか》の描写が、男の滑稽《こっけい》さを強調しているから余計にそう思えるんだ。でも『奉教人の死』『偸盗《ちゆうとう》』『羅生門』を通ると感想が変わってくる。それらから一様に匂《にお》い立ってくる感性は死だ。この場合の死とは肉体の死というよりも、僕たちが当たり前に人間に抱いている倫理観の、死だ」

彼の言葉は、こちらに向けられたものではないのだ、と谷崎は遅れて理解した。かといって、ひとり言でもない。いわば、この世界そのものに——地獄変という有碍書に染《し》みついた芥川龍之介の文体に、語りかけているように聞こえた。

「芥川龍之介の作品を単視点的な教訓と捉えるべきではない。彼が描く登場人物から滲《にじ》み出る言葉は『人間とはどうしてもこうあってしまうもので』という独白に過ぎない。『もので』で止めているところに美学がある。『だから嘆かわしいのだ』という否定も続かなければ、『素晴らしいものだ』という賞賛も続かない。『こうすべきだ』という提言もなければ、『お前はどう思うのか』という詰問《きつもん》もない。ただ芥川龍之介がぼんやりと語っている傍に僕たちは寄り添い、近い視点を共有させてもらう。少なくとも文体上は読者がそう感じられるように、押しつけがましくなく、調整されている。絶妙のバランス感覚だ。芥川龍之介は事実のみを描く。そこに綺麗事《きれいごと》はなく、無慈悲なまでの厚い影が落ちている。だが影が厚いからこそ、その下に薄く敷かれた絹のような淡い光に、読者は気づかされる。光は芥川が描いたものではない。読者が望んで見つけだした行間だ。だから読者にとってなによりも真実であり、救いとなる」

彼の声は、絶頂を迎える寸前の少年のような、恍惚《こうこつ》とした喘《あえ》ぎだった。谷崎は、圧倒的に思い知らされた。これは彼の芥川論評だ、一方的な。

そして、そう理解してもなお、谷崎は何も言い返せはしなかった。打ちのめされたのだ。あまりにも歪《ゆが》んだ、それでいて圧倒的な熱量に。芥川への気持ちを、浮かんだ傍から吐き出さねば狂ってしまう、と言わんばかりの呼気が、谷崎の背中を蒸らしている。

ごくり、と谷崎は唾《つば》を飲む。この男は狂っている。

「芥川先生と話したいのです。時間がありません。もしも邪魔をするというのなら、あなた方すべてを消去しても構わない」

「やはり、他の侵蝕者たちと同じですね」

と、ようやく言った。声はどうにか震わせないでいられた。

「貴方は興奮しているのです、侵蝕者。感情が理性を呑《の》みこんでしまっている。作家の消去？　そんなことは不可能ですよ、一侵蝕者には」

「いいえ。あなたこそ、冷静に考えた方がいい。他の作品ならいざ知らず、ここは地獄変ですよ」

谷崎は眉根《まゆね》を寄せる。

「それはどういう――」

「少々喋《しゃべ》りすぎましたね。確かに僕は、興奮しているのかもしれない。いま話した僕の気持ちは、先生には伝えないでください。約束ですよ？　もし破ったら、そのときは本当に」

語尾が希薄になってゆく。彼が遠くへ消えてゆくのだとわかった。追わなければ、と谷崎は思った。あるいは、仲間に知らせなければと。だがその瞬間に、声が出ないことに気づいた。息ができない。くらり、と脳が揺れるような疲労が一気に全身を襲う。侵蝕者の攻撃は、眷属よりも遥《はる》かに強く、精神を削る。

だが、いつのまにやられた？　わからない。意識が飛びそうになるのを堪《こら》える。身体《からだ》が熱い。薙刀を握っている手に、急激な痛みを感じた。指先が小刻みに震えている。先ほどまでの、程よい緊張からくるものとは違う。ゆっくりと開いてみれば、手のひらは熱した鉄でも握っていたかのように爛《ただ》れていた。鏡を見る。ひどい顔をしている。既に侵蝕者の気配はどこにもない。

焼けた手を水で冷やし、顔を二度洗ってから、仲間のもとへ戻った。

一夜が明け、谷崎はベッドの、まっ白なシーツの上で目を覚ました。

冬の朝なのに、汗ばんで感じる。有碍書の中が夏だったから、意識がまだ引っ張られている。理屈上は、思念体でいるときの体感温度など、現世に帰ってくれば影響はないはずだけれど——作家の長所は書物に潜れることだが、短所は、空想と現実の境界が曖《あい》味《まい》になってしまうことだな、と思う。だとしたら、有碍書の中で起きているあれらは、空想と現実のどちらなのだろう？　谷崎の手には、まだあの熱が残っている。

二

朝、窓掛《カーテン》けの隙間《すきま》から忍び込んでくる冷気が、鼻先をくすぐる。僕は顔をしかめ、寝転んだまま、枕元《まくらもと》の本を手で探った。指先が表紙を見つけ、摑《つか》んで、確かにあることを確かめた。

有碍書から戻ってしばらくは空想と現実の入り混じったような酔いが尾を引く。没入した読書のあとと似ている。侵蝕者の創作に、中《あ》てられるのだ。たとえ眷属と戦わずとも、僕たちは胃液にでも溶かされるようにじわりじわりと、侵蝕を受けている。そのダメージは現実世界に戻ったとき、本の傷や染みとして表れる。本は僕たちの魂であり、それが大破したとき作家は絶命する。今はまだ、目に見えるほどの負傷は本に現れていない。まるで体温計で平熱だと確かめたみたいに、ほっと息を吐いた。

上体を起こす。窓掛けを指先でめくると、外はまだ暗い。時計を確認する。午前五時前だ。ずぼらな僕が、疲れている身体を押してこんなに早く起きるなんて珍しい。褒めてほしいくらいだけれど、誰に知られたくもなかった。みんなが動き出す前に、調べたいことがあった。

芥川龍之介についてだ。

転生した瞬間から、僕の脳は芥川龍之介を知っている。まるで辞書に書かれた情報みたいに。ただ、実感のある記憶ではない。その記憶を呼び起こすために、自身に関する文献を読むことは意味があると聞かされていた。現に他の作家には、そうして徐々に思い出している者もいる。けれど僕は結局これまで、著作は読めど、資料の類《たぐい》には触れてこなかった。怖かったからだ。調べないでいれば、まだ思い出せていないだけと言い訳できる。でも、調べて、もし成果が得られなかったら。僕は一度、芥川龍之介を切り捨てている。その事実が、どうしても僕を前へ進ませなかった。

ただ、きっと、ずっとそうしてもいられないのだろう。

地獄変に潜ってわかった。少なくとも、あの有碍書を攻略するには——あの侵蝕者と向き合うには、僕がうだうだと足踏みしていてはいけない。地獄変を書いた、そのときの芥川龍之介を思い出す必要がある。だから僕は、芥川龍之介の人生に関する資料を振り返ることにした。

帝國図書館の本館は、地下一階から地上二階まで吹き抜けの巨大図書室だ。僕は、地下一階への階段を下りた。吸音性の高い床に、足音が吸い込まれてゆく。

芥川龍之介の著書が並ぶ書架、その裏に、芥川に関する解説書や文学アルバムの並ぶ区画がある。小説よりも判型が大きく、重苦しい印象の本が多い。それらを積み上げて傍の机に移動させ、椅子《いす》に座り、一冊ずつ目を通した。たとえば、芥川の書斎について書いてあるものがあった。その様は、この図書館の自室に用意されたセットと酷似している。紫檀《したん》の机も、紫の座布団《ざぶとん》も愛用の品だ。万年筆は好まず、Gペンを使った。書き損じが多いから、原稿用紙は四〇〇字詰めじゃなく、二〇〇字詰め。青い罫線《けいせん》。酒は飲まないということもないが、あまりやらない。煎茶《せんちゃ》は好む。火鉢に終始鉄瓶をかけておき、それを日に三度は空にする。果物は好きだが、酸味は苦手だ。その点、無花果《いちじく》は素晴らしい。趣味は書画や骨董《こっとう》。金に際限がなければ世界中を巡って集めたい。特技は物書きの他に、俳句を少々。勝負事は、あまり好きではない。

すべて、知っていることだ。こうして資料に残っている以上、世の人にも知られているだろう。寛などは勝負事が好きだから、僕を誘っても乗り気でないことを知っている。彼ならば、その他の僕の性質も充分に知っているはずだ。

けれど、それでも知らないことがある。

だから僕は、ひとりで死んだのだ。

文献に目を通すことにはやはり一定の意味があるように思った。直筆の遺品だと、より効果が強い。ただ、その多くは心地いい感情を呼び起こさない。特に、先生との往復書簡は胸をえぐられるものがあった。当時の幸福をまざまざと想起させられ、胃液が逆流しそうにさえなる。けれど、それでも僕は僕の本質を摑みたくて、断片を摘まみとりながら彼に尋ねる。芥川龍之介。君はどんな人間だった？　先生への気持ちは？　文学を愛していたか？　家族のことは？　いずれかを取れと言われたら？　生まれた家をどう思う？　君は善人か、悪人か？　餓鬼畜生ではなかったか？　寄り添うような、突き放すような気持ちで問うた。

　なのに、肝心なところで、彼は答えない。

　そんな彼に、僕は失望しなかった。

　考えてみれば、当然という気さえした。あるいは初めから内心では、こうなることを予期していたのかもしれない。だって、いくら写真を見ようと、テキストの集合を見ようと、過去の僕が芥川龍之介を捨てたことに変わりはない。だからこれは、僕がどうやって彼を思い出すかの問題じゃない。彼が、僕を許してくれるかの問題だ。そして、可能性は絶望的であるように思う。僕は結局のところ、それを知りながら、ただ何もせずにはいられなくて、罪悪感から逃れたくて、ここに来ただけなのかもしれない。どんな苦痛も、今の僕にとっては安らぎとも思えた。

　図書室というのはいつだって無情に適温、適湿、適切な光度だ。空気の肌触りが一定で、日光が入らないから時間の経過を忘れてしまう。壁時計に目をやれば、いつのまにか二時間が経《た》っていた。相対性理論は今や当たり前に受け入れられている価値観らしい。

アインシュタインは極楽で笑っているだろうか。

図書室の地下から一階へと戻る階段の途中、正面に人影を見て、どきりとした。僕の心は未《いま》だ空想と現実の境の旅から帰ってきている最中で、この階段を上り終えたときにやっと気持ちを切り替えようと思っていたのに。まだ朝の七時。誰が？　と見つめて、僕は観念し、足を止めた。

「久米」

と声をかける。それしか方法はなかった。

「悩んでいるのかい」

と彼は言った。僕を見下ろして。

「ああ、とても」

と僕は返す。下から仰ぎ見る彼の表情は、どこか青ざめている。彼は一拍置いてから言った。

「君は贅沢《ぜいたく》だね」

その言葉に、息が詰まる。

「なにがだい」

「それだけのものを持っていながら、歩みを止めているのだから」

歩みを止めている。それは間違いない。

でも仕方がないことだ。僕には僕にしかわからない事情がある。久米が僕の何を知っているのか。おそらく、本当に大切なことは何も知らないだろう。僕の内側に渦巻く鈍痛に似た混沌《こんとん》を想像もできないに違いない。だから、このような言葉を使える。

そう考えて、おかしいな、と少し感じる。久米は、こんなに直接的な言葉をかけてくる人間ではないはずだ。共通の友人である寛に相談をすることはあっても、僕自身との会話は避けてきた。昨日、廊下で出会ったときのように。

いや。

でも、有り得なくはないのだろうか。きっと彼にも延々と溜《た》まり続けていた物がある。彼が僕の内面を想像しきれないように、僕もまた、彼の内面を想像しきれはしない。

一点だけ確かなことがある。彼は、僕を妬んでいる。僕が先に夏目先生からの評価を得、その評価がずっと覆《くつがえ》らなかったから。明言したことは、僕も彼も一度もないけれど、互いにわかりきっている。ただ、僕がわかっているのはそこまでだ。彼の感情を視認できない以上、完全に理解した風な口を利《き》けはしない。

彼には、いつ何をされてもおかしくはないのかもしれない。彼はそんな人ではない、と考えることこそ、彼の文学性への侮辱になるのかもしれない。僕はよく、先生があと少しでも長く生きてくださっていたなら、と考える。先生が僕の先生だった時期は、たった一年ほどだけれど、あと一年、いや、できることならあと五年、願わくばこの命が尽きるまで、先生と手紙を交わせたなら僕は。そう考える。けれど同時に、僕の中にはまったく異なる方向性の、黒い不安も、ごく微細ながら残り続けている。もしも、僕と久米と先生、三人の関係が続いていたのなら、先生からの評価がどこかで入れ替わった可能性もあるのではないか？　僕の位置に久米が座り、僕が彼を眺める未来も。そう考えると僕は酷《ひど》く恐ろしくなるのだ。胸の内側から、僕を喰らい尽くすかのような恐怖が湧《わ》いてきて、気が狂いそうになる。

「僕は大きな人間ではないよ」

と答える。心の底からの、正直な気持ちだった。

久米は、下唇を少し内側に折り込んだように見えた。

「だとしても」

と、彼が言った気がした。でも、勘違いかもしれない。か細くて、現実かどうかわからないくらいの声量だった。彼は階段を降りてきて、その虚《うつ》ろな目が僕に近づく。臆病な僕は縮み上がりそうになる。が、見栄《みえ》張りの僕が、平気なふりをする。先生に弱音の手紙を書いている僕が、彼に弱みを見せることはあってはならないと思った。

彼の肩が僕に触れそうな距離を通り過ぎる。階段を下りる足音が、しと、しと、とあたりに染みこみ、いくぶんか遠ざかる。最後に、隙間風のような囁《ささや》きが、彼方《かなた》で、なのにすぐ耳元のように、はっきりと聞こえた。

「甘えないでよ」

僕は背中を刺されたような錯覚を覚え、振り返る。

でも、久米の姿はもうなかった。

ぐっしょりと汗をかいている。

遅れて、ひとつの疑念が浮かぶ。今の久米は現実だったか？　これさえも空想なのではないか？　潜書のあとは空想と現実の狭間《はざま》にいるような酔いが尾を引く。耳の端で、きぃ、と歯車が軋《きし》むような音がした。ただ僕の体重が、階段に伸《の》し掛かる音だろうか。

三

潜書がひとたび始まると、睡眠と食事以外はそれに関する不安ばかりをつい考えてしまい、気の休まる暇がない。こういうとき寛はいつも「お前は気にしすぎだ」と肩を叩《たた》いてくれるが、そういった性分なのだから仕様がない。

朝八時半の食堂で、せめてもの安らぎとして朝食をいただくことにした。見れば、いつも文豪や職員たちでごった返す食堂に今日は客が見あたらない。幸運だ、と思っていると、奥の手洗いから見たことのある顔が出てきた。僕は唇を尖《とが》らせる。

「貸切かと思ったのに」

「嫌なのかよ」

と寛は皺《しわ》ひとつない、まっ白なハンケチーフで手を拭《ぬぐ》いながら苦笑する。

「冗談だよ」と笑って返す。「寛も今から?」

「いや、済んだ。でもせっかくだ、食後の一杯をいただこう」

僕は部屋から持ってきていた食券を厨房《ちゅうぼう》に出す。朝からあまりどっしりとした定食を食べる気はしない。とはいえ脳は糖を欲しているので、汁粉にした。火にかけてあるものをよそうだけなので、すぐに出てくる。寛もブラックの珈琲《コーヒー》を受け取り、ふたりで四人掛けのテーブル席を贅沢に使った。

一口飲んだ寛が、ふう、と一息つく。

「ここの珈琲は安定しているな。豆から挽《ひ》いてなきゃこの深みは出ない」

「そんなに違いがあるもの?」

僕は餡《あん》をすすり、熱で身体を起こす。寛が呆《あき》れたように、はあ、と嘆息する。

「美味《うま》いか?」

「うん」

「だろうな」

餅《もち》をよく嚙《か》み、再び餡をすすって喉の奥に流し込む。わかりやすいこの甘みが僕にはちょうどいい。汁粉は未来に遺していかなければならない日本の伝統だと思う。あとくずもち。

「タイムリミットは、残り二日」

と、寛が言う。聞いた途端、僕の舌から甘みがすうと蒸発していく。もうその話をしてしまうの、と僕は名残惜しい心地になる。けれど彼が正しい。

「俺たちは昨日、シーンの最後までを読みきった。それなりの前進を見たと言える」

「うん」

「龍、お前の感覚で、今の攻略度は何割だ」

潜書に慣れた作家は、最初のワンシーンを潜り終えれば、それが全体の中の何割にあたるかを大まかに感じられる。文体の相性が侵蝕者や作家ごとにあるので、あくまで目安にしかならないが。

「二割五分ってところかな」

「意外と多いな」

「本当？　僕は、意外と少ない気がして焦《あせ》っているんだけど」

「根拠は？」

「いくつかあるけれど、一番は伏線の数」

多くの有碍書において、その物語を動かす伏線というのは冒頭、つまりは初めて潜った際のシーンにほとんどが配置されている。侵蝕者が、訴えたい言葉を思いつく端から吐き出すからだ。つまり冒頭のシーンを見れば、おおよそ全体像が摑める。

「僕たちが得た主要な伏線は、三つ。良秀の墓の取り壊し、消えた娘の遺体、墓から聞こえる奇声の噂《うわさ》。これらを提示する冒頭シーンが二割五分、三つの伏線の回収に二割五分ずつで、ちょうど十割」

通常、多くの作家は三つの伏線を等分の力加減で回収するなんて退屈な構成はしない。けれど侵蝕者は作家ではない。冷静さか技術のどちらかを欠いている。こういう丼《どんぶり》勘定もある程度は通用する。

「ちょっと待て、不可解な点を伏線と呼ぶのなら、三つ以上あるだろう」

「何？」

「がらんどうな駅、病室じみた図書館」

「それらはきっと、伏線ではないよ」

「なぜ？」

「原作の筋書き《プロット》に登場しない施設だから」

「そういう有碍書だってあり得るだろう。なにせ今回は世界観が原作から離れて、まるごと未来に置き換わっている」

「そこがポイントだよ。世界観を大きく壊したいのなら、わざわざ未来編になんてしなくていい。なのに侵蝕者は律儀《りちぎ》に原作の設定を残した。なら文意は、あくまで原作に関わる描写に宿っているはずだ」

舞台が変に現代だったから目が眩《くら》みそうになったけれど、有碍書とは本来そういうものだ。オリジナルの世界を作りきるほどの力は持たない侵蝕者が、原作に縋りついて、甘えて、それを捻《ね》じ曲げるものだ。

「なら、あの駅と図書館は何だ。ただの描写ミスか？」

「ミス、とまでは言わないけれど、意図したものではないだろうね。特に図書館の方は、本に関する場所だから。描写は侵蝕者の境遇に由来しがちだ」

「病人か」

「まっとうに考えるなら」

「病気はいつだって悲しい」

「でも、その捌《は》け口に本がなれたのなら、悪いことじゃない」

「ああ」と、寛は飲みこむように頷《うなず》いた。「かといって逆恨みされる道理はない。お前の作品が侵される筋合いは、なおさら」

うん、と僕は頷く。

話している間に、お汁粉はぬるくなっていた。こうなると味気ない。名残惜しさを感じながら、餅の小さな破片と、底に溜まった餡を一気にすすり、両手を合わせた。

四

たったひと掬《すく》いの休息を終えると、もう潜書の準備にかからなければいけない。僕は寛の後ろについて、谷崎くんと辰ちゃんこを誘いにいった。

谷崎くんは自室にいなかった。捜してようやく見つけたのは、中庭でだった。中庭は、食堂を含むいくつかの部屋と、本館と別館を隔てる廊下とにロの字形に囲われる形である。

珍しいな、と思った。谷崎くんは特定の小説について考えるとき、その舞台に近い風景に身を置きたがる。今回は街に出ているだろうと予想していたのだけれど。

「そろそろ、二回目の潜書に行こうと思うんだが」

と寛が声をかける。

谷崎くんはしゃがんで、足元に咲くパンジーの茎を摘まみ、花弁を眺めているようだったが、寛の声で振り向いた。どこか遠くから、やっとこちらの世界に戻ってきたような表情だった。彼の指先から離された茎が、ばねのように元の位置に戻り、しなびた花びらを一枚、ゆらりゆらりと落とした。

「寛さん」

彼の息が、冷やされて白くなる。

「準備はできているか？」

彼は立ち上がると、言った。

「あいにくですけれど。今回、私は遠慮させてもらおうと思います」

僕は耳を疑った。彼の目を見ると、冗談という様子でもない。

「どうして」

寛が、努めて穏やかに、という声音で尋ねる。でも彼もまた、動揺しているに違いなかった。

「よおく考えたんですよ。昨晩、あまり眠らず、珍しく真面目《まじめ》にね」

「何か気にかかることがあるのなら言ってくれ」

「いいえ、むしろ気を遣わせてすみません。どうやら傷が直り切らないようで」

言って、彼は着物の帯に忍ばせていた自分の本を、こちらに向けた。

灰茶色の表紙が煤《すす》けている。まるで火に炙《あぶ》られたかのように。僕たち作家が潜書中に受けたダメージは、現実に戻ってきたときすべて、本に移し替えられる。肉体は無傷に見えても、精神は確かに傷つけられている。

「いつのまに」

一緒にいる間、彼が眷属からまともに攻撃を受ける様子は見られなかった。

「お花を摘みに行っている間にね」

「眷属に会ったのか」

「いや、侵蝕者に」

侵蝕者、本人に。それは僕たちを一瞬、完璧に黙らせるに充分な台詞《せりふ》だった。

「でも姿は見えませんでした。背後に立たれて」

「補修室には」

「昨日、貴方がたと別れてからすぐに向かいました」

潜書によって受けるダメージはすべて本が被《こうむ》る。そのため、本を直す補修室がこの館内にはある。専門の補修係が常駐している。その間、作家が休息するための、医務室も併設されている。

「なぜ外に出てきているんだ、補修はまだ完了してないだろう」

「昨晩まるまるかけて補修に専念したのですが、どうやらこの焼痕《やけあと》、並みの手段では直らないようで。どうせ復帰できないのなら、この苦しみを愉《たの》しもうと思いまして。その方が改善策を思いつくかもしれませんし」

谷崎くんらしい答えだった。彼には被虐《ひぎゃく》趣味がある。

「補修係が直せない？　そんなの聞いたことがないぞ」

彼らはとびきり優秀だ。僕の知る限り、ありとあらゆる傷を一晩で補修する。

「ええ、彼ら自身、初めてのことだと騒いでいました」

「なぜ俺たちに相談しなかった」

「心配をかけずに済むならそれがもっとも良いでしょう。だから専門家である補修係に任せました。その補修係が、どうしようもないと結論を出したのがついさっきです」

彼は微笑《ほほえ》んではいたが、同時に気に病んでいる様子でもあった。谷崎潤一郎は複雑な精神構造をした作家ではあるが、仲間を気遣う良心は間違いなく持っている。

「今回の侵蝕者は普通じゃないようです」

「何か情報を摑んだのか？」

寛の意識が谷崎くんの心配から、侵蝕者の打倒へと移り変わってゆく。

谷崎くんは、頭上を見た。吹き抜けた先に、四角く切り取られた青空がある。

「谷崎？」と寛が訝《いぶか》しむ。

「ええ、今朝まで、そのことについてずっと考えていました。白いシーツに寝転びながら。でも結局、貴方たちに伝えられる情報は、あまりに乏しいとわかっただけです。直哉さんも言っていたとおり、龍之介さんに会わせるよう、彼は要求した。それくらいしか私から言えることはありません」

彼は、言葉を選びながら喋っているようにも見えた。

僕はたまらず割って入る。

「侵蝕者は一体なんのために？　どうしてそこまで僕を」

「わかりませんね、私には本当に」

彼は、ふっと自嘲《じちょう》的な笑みを浮かべると、僕たちの前を空気のように過ぎた。引き留めようかと思った。もう少し話すべきことがあるような気がした。でも結局、僕は彼を目で追うだけで、黙っていた。屋内に戻る扉の直前で、彼が足を止めた。

「ただ、最後にひとつだけ助言を。龍之介さん」

こちらを振り返りはしない。声は冷えて透きとおっている。

「貴方は少々頭で考えすぎる。芸術とは、エゴイズムを肯定することですよ」

それは、谷崎潤一郎にもっとも適した言葉に聞こえた。

五

疑問点がまたひとつ増えた。通常ならば補修が済むはずのところ、今回の侵蝕者から受けたダメージは治りきらなかった。その原因について考えながら、談話室へ向かった。彼はまたクラシックを聞いているようで、部屋にはピアノの音が響いていた。

「前と違うね」

と、扉を開けた僕は言った。ひとり、音色に浸っていた辰ちゃんこが瞼《まぶた》を開ける。昨日とは違い、ゆっくりと。

「はい、『幻想ポロネーズ』。ショパンの晩年を代表する一曲です」

「落ち着いた曲だ」

ショパンは僕もいくつか聞いたことがある。辰ちゃんこの影響で。基本的に華やかで、詩的で、辰ちゃんこの文体と自然に馴染《なじ》む曲が多い。でも、この曲はセンスが幾分老熟している。

「『軍隊』や『英雄』に比べるとかなり地味ですよね、でも僕にとってはそれがとても印象的で」

「へえ？」

「この曲にはあの二曲よりも詩的な、幻想というタイトルが付いています。その意味を考えさせられます。ショパンが晩年に行きついた価値観とは、どのようなものだったのだろう、と」

「わかったのかい？」

彼はにっこりと、子供のような屈託のない笑みを浮かべた。

「わかりません」

「そんなものだよね」

「ええ」

「ついてきてくれるかい？」

「もちろんです。幻想をかけたのも、地獄変について考えるためでした」

辰ちゃんこは言って、立ち上がる。僕は彼の横顔を見る。言葉の続きがあるのかと思って。でも、彼はそれ以上を続けなかった。だから僕も余計には尋ねず、それが丁度よかった。

部屋を出て、廊下を歩きながら、谷崎くんのことを彼に話した。優しい辰ちゃんこは心から心配している様子だった。そうしている間に、各作家の部屋を回った。谷崎くんの代わりを務めてくれる四人目の作家を見つけるためだ。でも、誰もいなかった。こんなことは普通ない。

「そういえば中庭も、谷崎くんだけだったよね」

「食堂にも客がいなかった」

「どこへ消えちゃったんでしょう？」

辰ちゃんこが言った直後、館内放送が流れた。僕ら三人を名指しで、館長室へ呼ぶ声だった。僕らは速足で向かった。

着いてまず告げられたのは、非常に受け入れづらい、今までに経験したことのない状況だった。

「志賀直哉の補修がまだ済んでいない。どころか、悪化している」

と館長は言った。

「そしてそれは、彼と一緒に潜書した仲間も同様だ」

いわく、志賀さんたちの症状は、谷崎くんと類似しているとのことだった。寛が顎《あご》を引く。

「つまり、侵蝕者本体《しんしょくしゃ》に何らかの形で関わった者たちは不治の傷を負うってことか」

「他の作家たちは？　見当たらないけど」

僕の声には焦りがあった。自分でもわかった。その時点で、ひょっとすると僕は、事態を嗅《か》ぎ取っていたのかもしれない。館長は痛ましげに、眉間《みけん》に皺を寄せた。

「ごくわずかにではあるが、志賀のチームや谷崎と似た症状が発現している」

辰ちゃんこが、「なんで」と高い声を漏らす。

「志賀さんたちや谷崎さんはわかります。侵蝕者とコンタクトを取っているから。けれど、他の作家は地獄変に入ってさえいないはずです」

「地獄変は一般的に、芸術至上主義思想が反映された作品と言われている。それが消失するということは、君たち文豪から、芸術を重んじる精神――魂そのものが、失われることを意味するのかもしれない」

芸術至上主義？　と僕は内心で違和感を覚え、顎に手を当てる。

「それはおかしい」と、寛が言う。「有碍書《ゆうがいしょ》は、完全に侵蝕され切るまではその侵蝕が現世に影響しないはずだ。侵蝕が八割進んだから、人々からも思想が八割失われる、というような構造ではない。だからこそ、表向き明らかにされることなく俺たちが未然に防いでいる。現状で、地獄変が現世の作家に悪影響を及ぼせるはずがない」

「今まではな」

「例外だってことか」

「例外ばかりだ、俺たちの仕事は」

「でも」と辰ちゃんこが食い下がる。「じゃあ、僕たちだけが無事なのは、どうしてですか」

「わからんよ。ただひとつ言えるのは、有碍書の全貌《ぜんぼう》なんて我々の誰も知っちゃいない、ということだ。ひとつひとつを丁寧に、読み進めていくしかない」

辰ちゃんこは不満げだ。だが寛は、これ以上は話しても非生産的と思ったのだろう、深く嘆息したのちに頷いた。

三人で部屋を出た。扉ががちゃりと閉まる。五歩離れてから、辰ちゃんこが僕の方を向いた。

「どう思いますか、芥川さん」

「どうって?」

「さあね、僕にもさっぱり。でも館長の言うとおり、地獄変の侵蝕が、現世にまで染み出てきているとしか考えられないよ。少なくとも現段階では」

「そのわりに、納得のいっていない顔だぜ」と、寛が視線を寄こす。

僕は唇を舌で湿らせる。丁寧に言葉を選んだ。

「芸術至上主義、というのは、とても近い表現だとは思う」

ふたりは不思議そうな顔をしている。

「地獄変の話だけれどね。あの作品に持っている僕の印象は、芸術至上主義の象徴、というのと近い。でも、本質的には違う。あくまで、今の僕の感想でしかないけれど」

「お前は著者だろう」

「うん」

「どこがどう違うっていうんだ?」

「それが上手《うま》く言葉にできない」

僕が著者なのに。

「でも、似て非なるもののように感じるんだ」

それを見つけられたら、あるいは侵蝕者の文意にも迫れるのかもしれない。けれど少なくとも今の僕には叶《かな》わない。

「因果関係です」

辰ちゃんこは、よくわからない、という風に唇を引き結んでいる。寛は、そうか、と頷いた。彼の頷きのいくらかは気遣いでできていて、そうしているときの彼がいちばん彼らしい。

僕はふたりに、ごめんね、と付け足した。

四人目の仲間について考えるとき、久米正雄という作家が僕の頭をよぎった。声をかけるかどうかを措《お》いておいても、彼の症状が気にならないわけはない。図書館員に訊《き》くと、彼も他の作家と同じような状態で休んでいる、とのことだった。

疑問が浮かんだ。

――なら、今朝見た彼は？

あのとき既に体調はぎりぎりで、あのあとすぐに倒れた、ということだろうか？　確かに、いつもと少し違う調子だったようには思う。けれど、それが何らかの不調のせいかというと、そうでないような気もした。

僕は、僕という存在を信じられないがために、僕が見た光景さえ疑いつつあった。考えだすと、今の自分の思考さえも、僕のものでなく、大いなる何者かに誘導されているのではないか、と疑わしくなってくる。両足が浮いているみたいだった。

とはいえ、残り二日。うだうだしてもいられない。芥川龍之介がもたつくだけ、みんなに迷惑がかかる。

僕たちは、三人で潜ると決めた。

それは僕にとっても、寛や辰ちゃんこにとっても初めての体験だった。緊張が今までと違う。

有碍書に指先を当てる。肉体と精神が洋墨《インク》へと変質してゆく、その夢見心地の中で僕は、生前に谷崎くんと交わした論争を思い出していた。今朝、図書室で芥川龍之介の記録を漁《あさ》っているときに目につき、すべてを読んだ。発端は『新潮』の合評会だが、のちに『改造』の誌上でおこなわれた。

小説とは、芸術とは、文学とは。そういった抽象的なテーマについて、彼らは論じていた。今さら僕から、あの論争に新たな意味を付与するつもりはない。どちらが正しいか、答えを求めるつもりもない。作家それぞれの中には主義の断片が確固として存在しなければならないだろうが、それはあくまで断片でしかないし、長期的な目的のための、短期的な目標に過ぎない。ただ、僕があの熱量の籠《こも》った文章を読んで思うことは、作家とは矛盾を抱えた芸術家である、ということだ。文学はそもそも構造からして、他の芸術と大きく違う。たとえば絵画は視覚と感性で楽しむ。音楽も同じだ、聴覚と感性で完結している。

しかし文学は、あくまで脳で読み解いてから、感性で楽しむ、複合的な芸術だ。だから美術や音楽に勝っているということではない。むしろ、感性と理性の融合、叫びと説得の同居、パラドックスを生まれながらに内包しているのだ。暴力的かつ洗練された、圧倒的かつ行き届いた、普遍的かつ独創的な、主観的かつ客観的な、そんな芸術が文学、文芸、小説、言語である。

構造の美について語るいつかの谷崎潤一郎に対して、いつかの芥川龍之介は願っているように見えた。芸術において、構造への技巧など意識せずとも、「話」や「筋」から解き放たれようとも、純なる文章を突き詰めればその先に、頂があることを。

けれど結局、彼は届かなかった。

一方、侵蝕者はどうか。純という一点においてのみ彼らは、その頂にもっとも近いと言うことさえできる。有碍書とは、侵蝕者がただ純粋に、自分を救うためだけに作り上げた作品だ。その筋書き《プロット》は、ストーリーラインとして破綻《はたん》していようとも、文意さえ存在すれば――強い思いさえあれば――世界に効果を及ぼす。

一般的な小説では実現しえなかった事象が、有碍書の世界では成り立つ。

一般的な作家から転生したにすぎない僕たちが、太刀打ちできるのか？

そして今の僕は、作家ですら。

六

僕らは当たり前のように、本に潜る。そこに疑問を持つ心はいつのまにかなくなっている。読書の没入感に近いからなのか、あるいは転生した作家というのは生まれながらに、そういった思考を排除させられているのか。どちらにせよ、僕らはまた侵蝕者の世界に身を寄り添わせた。

ふたつめのシーンは、男の声から始まった。

「号外だ！」

舞台が夏、あの町であることに変わりはない。ただ、夜だった。空には雲ひとつなく、暗幕のキャンバスに、白い砂粒のような星とまん丸の青い月が飾り付けられている。

町は、いくらかの活気を帯びていた。ひとりの男の周囲に人々が群がり、新聞を受け取っている。「号外だ、号外だ！」と男は繰り返す。

僕は後ろの寛と辰ちゃんこを振り返り、頷き合うと、彼らに割って入った。

「ごめんよ、通してもらえるかい」

号外だ、と機械のように繰り返す男へと手を伸ばし、新聞を受け取る。もみくちゃにされた新聞の、ちらりと目に入った日付。年号は前と同じく黒く潰《つぶ》されているが、七月二十四日だ。隅の方に「墓の取り壊し開始」との小見出しが目に入る。つまり前回潜った日の晩だ。けれど号外の本題は、予定通りの取り壊しなどではないだろう。人ごみから離れ、落ち着いて第一面の見出しを確認する。そこで僕は目を大きく見開いた。手に思わず力が籠り、新聞紙をくしゃりと握る。

「どうして気づかなかったんだ」

寛と辰ちゃんこが、どうした、どうしましたか、と心配そうにうかがってくる。

「当たり前のことを見落としていた。この世界のタイトルは『地獄変』だ」

僕は記事を彼らに向けた。

——地獄変、盗まれる。

「この世界には、地獄変の屛風《びょうぶ》がある」

小説は制限的であり、自由だ。

燃える牛車《ぎっしゃ》と、その中で悶《もだ》え苦しむ女人を描いた屛風、地獄変。小説という媒体では実物を見られない。構図、色使い、女性の年齢や髪の長さ、燃える火のうねり、すべてを読者が想像する。

「けれど、この世界ではその地獄変が実在し、見ることができる。これがどういう意味かわかるかい？」

僕は新聞紙を畳み、ひと息をついてから、辰ちゃんこに尋ねた。

彼は、えっと、と余った袖《そで》を口元に持ってきて少し悩んだ。

「侵蝕者の文意が表れている？」

「そのとおり」

読者に委《ゆだ》ねられるということは、読者ごとに思い描く地獄変が違うということだ。有碍書内に描かれた地獄変は、侵蝕者の望みが反映された絵になっている。

「地獄変が盗まれたのは、朝らしい」

と二人に伝える。先ほどの記事には続きがあった。

――地獄変、盗まれる。死者一名。

事件の発覚は数十分前だが、遺体の死亡推定時刻は午前中だという。

「それって、僕たちがはじめて来た頃ですよね？　犬なんて追ってる場合じゃなかったんだ！」

「どこから盗まれたんだ？」

「お寺だって」

良秀の呪《のろ》いを祓《はら》い、供養《くよう》という名目で厳重に管理するため、寺に納められていたらしい。

「行こう」

と僕は言った。

寺に着くと、月明かりの下に先ほどよりも大きな人だかりができている。警官も来ている。死人が出たのだから当然だ。

「侵蝕者の筋書き《プロット》だろうね」

「随分遅くなっちまったが、急いで読み進めるしかないな」

僕たちは己に描写の衣を着せた。警官の中でも、より上の権限を持つ者として出向けば、正面から堂々と調査ができる。現場は、本堂の目の前だった。人目を避けるためか、鯨幕が張られている。いったん、本堂に軽く礼をしてから布をくぐって、現場を見る。

「ああ、お疲れさまです」

と声をかけてくる警官に、頷きを返す。彼は口元を手のひらで隠し、声を潜める。

「どうやら殺しのようで。上腕の内側に、皮下出血が見られました。揉《も》み合った痕かと」

幸運にも、遺体はまだそこにあった。仰向《あおむ》けに倒れた壮年の男がひとり。黒の直綴《じきとつ》に白い切袴《きりばかま》、足元は雪駄《せった》が片方脱げている。僕は手元を照らすためにランタンを作り出し、煙草《たばこ》用に持っていたブックマッチで火を灯《とも》す。仏さんの瞼を開き、瞳孔《どうこう》を検《あらた》める。確かに死んでいる。気にかかる点がひとつある。胸元から顔の下半分にかけて血まみれだが、その原因は大火傷《やけど》だ。服が焦《こ》げ、皮膚が爛《ただ》れている。

僕は被害者を顎で指す。

「彼は？」

「この寺の住職です。近所の者によると、今朝十時から十二時の間に、地獄変を収めてある倉庫から大きな物音がしたらしいので、その様子を見に来たところをやられたのではないかと」

「凶器は」

「わかりません。火傷の痕が目に付きますが、どんな手を使ったのやら」

そうだろうな、と嘆息する。人が人を殺すだけなら刃物でも銃でも持ってくればいい。こんなに特徴的な殺し方をする犯人は、きっと人間ではない。

「この攻撃」と辰ちゃんこが耳元で囁く。

「うん、眷属《けんぞく》のものと似ている」

彼らは以前、熱した腕を振るってきた。体内に溶鉱炉のような機構を有しているのだろう。

「けれど、眷属が筋書《プロット》きに関わることはないはずだ。通常、有碍書の物語は、原作の作中人物《キャラクター》と、侵蝕者が作りだした作中人物との間だけで展開し、完結する。眷属はあくまで物語の外にいる存在のはずだ」

「なら、誰が？」

「わざわざ焼き殺したことから考えるに、眷属と同じ力を使いこなせる者であることは間違いないだろう。かつ、作中人物としてこの世界に潜む者」

それは、有碍書に潜る能力を持つ僕たちの対極に立つ者。

僕は焼死体にもう一度だけ目を向け、言った。

「侵蝕者だ」

七

いくつかの方法を考えたが結局、強盗殺人の検証は警官の彼に任せることにした。殺人事件について警官が調べるのは、もともと予定されていた筋書き《プロット》だろう。一方、僕たちには警察内部の知識がない。ついていってもやることはない。むしろその間に、以前から謎《なぞ》だった部分を詰めて行く方が効率的だ。墓から聞こえる不気味な声の正体について。幸いにして、今は夜だった。

良秀の墓に到着すると、敷地の周囲には紐《ひも》が張られていた。立ち入り禁止の印だ。ここも殺人現場、というわけではもちろんない。紐の向こうには、昨日――作中時間で言えば昼――見たばかりの、良秀の墓はもうなかった。撤去され、墓石が刺さっていた地面の穴は均《なら》されている。真新しい茶色の土が、かさぶたのように被《かぶ》さっている。

「無残だな」

と寛が言った。

紐をくぐって中に入る。そのとき、ランタンに照らされて足元が見えた。踏み荒らされた土地でも、蟻《あり》の巣穴はしっかり残っていて生命力を感じる。

そちらに意識を奪われていると、辰ちゃんこが声を上げた。

「芥川さん、聞こえませんか」

言われて姿勢を正し、耳を澄ますと、確かに聞こえる。キィ、キィイアアと、耳触りの悪いなにかの音が。甲高く、女性の奇声に似ている。

辰ちゃんこが怯《おび》えた様子で、僕の腕にまとわりついてくる。

「良秀さんが怒ってるんですかね、取り壊すな！　って」

良秀さん？　敬称を付けているのが可笑《おか》しくて、僕は口元を緩める。

「違う。よく聞いて、これは山の方から聞こえている」

良秀の墓のすぐ裏手は山だ。地続きなので歩いて入っていける。

「本当に怨霊《おんりよう》が出るなら、墓からだろう？　これは別の誰かだ」

僕は辰ちゃんこを引っ張るようにして、茂みに近づく。

「可能性としては、眷属か、侵蝕者本人、僕たちのまだ出会っていない作中人物《キャラクター》、いろいろあるけれど」

と言っていると、がさがさと木々が揺らいだ。

「ひっ」

「静かに」

僕は人差し指を口に当て、辰ちゃんこを後ろに下がらせ、枝葉を凝視する。がさ、がさと音の正体は隙間《すきま》から顔を覗《のぞ》かせる。ぴりついた警戒を僕は解く。

「猿だ」
キ、キィ、と猿は辰ちゃんこや寛を威嚇《いかく》している。けれど、僕の顔を見るや人懐《ひとなつ》こそうに唇を突き出し、胸に飛び込んできた。「うわ」と声を出したのは、今度は僕だった。反射的に猿を抱えてしまう。
「お、龍、気に入られてるじゃねーか」と、隣で寛が笑う。

「勘弁してよ」

苦笑まじりに、猿の全身を確認する。充分に成体に思える。初めて抱くが、見た目以上に重い。僕のひ弱な筋力ではちと辛《つら》い。なのにそいつは着物をめくり、内側をまさぐってくる。

「こそばゆい、やめてってば」

「腹が空いてるんじゃないのか？」

「持ってないよ、食べ物なんて」

「僕、作りますよ」

辰ちゃんこが言って、ポケットから豆菓子の小袋を取り出した。猿は着物を強く摑《つか》んで首の周りを半周してから、肩を飛び石みたいに蹴《け》り、辰ちゃんこの胸に移った。「う」と彼がうめく。その手から小袋を奪って、猿が茂みに跳び移る。

がさがさ、キィキィと音が遠ざかる。しばらくしてから辰ちゃんこが、ほ、と息を吐いた。

「びっくりしましたね」

「ごめんね、ありがとう」

動転していて、自分たちの万能性を忘れていた。僕らは食べ物だって、描写で作れるのだ。

「結局、良秀の呪いなんてなかった、ということですかね？」

「だが別の意味は、何かあるだろう」と寛が言う。「地獄変の中で猿とは、あまりに象徴的すぎる」

猿は、良秀の娘が可愛《かわい》がっていた動物として地獄変に登場する。猿は良秀と呼ばれ、皆から笑われたが、娘にだけは愛された。ゆえに娘に懐き、最期《さいご》は、余所《よそ》で繋《つな》がれていたにも拘《かか》わらず、燃える牛車に飛びこみ、娘とともに死ぬ。この有碍書の中でもその出来事は、数百年前の史実として存在する。

「でも、まさか数百年前から生き続けているわけじゃないよね？　町民の噂じゃ、娘の骨は見つからなかったけれど猿のはあったって話だ。猿の良秀は、確かに死んだはずだ」

「なら、子孫か？」

と寛が苦笑する。そこで僕は、あ、と閃《ひらめ》きのようなものを記憶の奥に感じた。

「そうかもしれない」

「本気で言ってるのか？」寛が怪訝《けげん》そうに口をへの字に曲げる。

僕が思い出したのは、この世界に初めて来たときに見た、発情した野良《のら》犬だった。

「娘を助けた猿は死んだ。でも、その時点で既に子を遺《のこ》していても、何もおかしなことじゃない。なにせ、繋がれていようと自ら束縛を解いて娘に会いに行った猿だ」

「それが都合よく、良秀の家の裏山に？」

「四キロメートル四方しかない町だ、地図でも、ここ以外に山は存在しなかった」

「文意ってやつか」

「でも」

と辰ちゃんこが困ったように眉《まゆ》をハの字に下げる。

「どうして、夜に、良秀さんのお墓まで下りてきたんでしょう？」

「確かに、そこは謎のままだね」

夜目が利《き》かない動物が、夜に出てくるのはおかしい。まさか良秀の死を悼《いた》んで？　有碍書なら、そういう筋書《プロット》きも成り立ちそうだ。感傷的な作品ならば。でも、他の可能性があるような気もした。僕にはまだ、読解力が足りないらしい。自著の読者の気持ちさえ読み取れない自分が未熟で、歯がゆい。うつむき、視線を落とすと、青い月光と橙《だいだい》のランタンの灯《ひ》が混じり、地面を立体的に照らしていた。蟻の巣穴がやけに目立つ。

八

良秀の墓跡を出るころ、警官の使いが駆けてきた。

地獄変の捜査についての追加情報があるという。

「現物はまだ見つかっていませんが、それを以前写真に撮ったという者がいました」

予想していなかった展開だ。だが、待ちに待った進展でもある。寺に仕舞われていた地獄変は、年に一度、一般公開されていたという。撮影したのは特に変わったところのない男性だ。地獄変が目的というより、趣味の写真の一枚として撮影したらしい。話を聞くため、その人物を駅前に呼び出してもらった。

到着すると、白いひげを蓄え、小型のフィルムカメラを持った初老の男性が役人と並んで待っていた。近場のベンチに横並びに腰掛ける。

「言われるまで、撮影したことも忘れていましたよ」

と男性は笑う。別段、地獄変にも良秀にも執着はないようだった。

「当時は感銘を受けたのだろうと思うんですけれどね、もう昔のことなので」

見せてもらった写真の中央に、屏風が飾られていた。周りとの比較で、大人が両腕を広げたほどのサイズだとわかる。思ったよりも小さい。もっと破格の大きさを勝手に想像していた。

「だが、これは――」

感想を上手く言えないでいると、辰ちゃんこが、空気と声の入り混じった感嘆を漏らした。

「凄《すご》い」

僕は頷《うなず》く。あくまで写真でしかない。それでも、感じるものは充分にあった。

「ああ」と、寛も一言だけ呟《つぶや》き、それ以上の言葉は続けなかった。

真を突いていない感想は口にしたくない。それでも強いて言うなら、鬼気迫る、という表現が一番近い。一帖《じょう》の天地に吹きすさぶ業火《ごうか》がある。現実よりも過度に鮮やかな赤だ。だが現世にないその色にこそ炎熱地獄のリアリズムを感じる。檳榔毛《びろうげ》の厳《おごそ》かな装飾の牛車が燃えている。黄金色の金具が映え煌《きら》めく。その中で娘は悶え苦しんでいる。焼け溶けてゆく黒髪を振り乱し、目を見開き、煙に咽《むせ》び、顎が外れんばかりの大口を開けて酸素を求めて天蓋《てんがい》を仰ぎ、両の手は下簾《したすだれ》を引きちぎっている。その形相には人が持ちうるすべての苦しみが詰まっている。まさに地獄の炎に囚《とら》われた、大罪人のように見える。牛車の周りには、娘の肉を喰らおうと猛禽《もうきん》が十羽二十羽と嘴《くちばし》を鳴らして飛び巡っている。

僕の奥底には、きっと感動と呼ぶべき熱量が湧《わ》きあがっていた。でも、それを自覚するほどに、背筋に冷たいものも感じる。これは僕の作品ではない。芥川龍之介の手も、とっくに離れている。こうして面と向かう地獄変は、侵蝕者が解釈して、この世界に生み出したものだ。だから、僕が純粋に感動できる。本物よりも本物らしい描写に、侵されてしまいそうになる。

ただ、その中にもわずかに。

ごくわずかにだけ、気にかかるものがあった。

燃える牛車を牽《ひ》いているのは、芥川の地獄変には出てこない、妖怪《ようかい》じみた化物だった。それは鬼に似た姿をしていた。肌は白く、腹は餓鬼のように出ている。頭は頭頂部まで禿《は》げ上がり、後頭部から噴き出した洋墨が、頭髪のように後方へうねり流れている。虎《とら》の皮の腰巻をし、大股《おおまた》で駆けている。

「これは」

僕は、横に立つ寛を見た。

「ああ。眷属だ」

と、寛は答えた。

前回襲い掛かってきた眷属を、そういえばあれきり見ていない。あいつは新種だった。眷属や侵蝕者の姿に新種が確認されることは珍しくない。そこに意味を見出《みいだ》してはいなかったが。

「ここにも、侵蝕者の意図があるのかな」

と、呟いた直後――

駅が爆発し、炎の中から、牛車を牽いた鬼が飛び出してきた。

ガラス片が飛散する。悲鳴が飛び交い、群衆が蜘蛛《くも》の子を散らすように走り回る。

「下がれ！」

と、寛が警官と男の前に立つ。眷属は極力侵蝕者の筋書き《プロット》を邪魔しないが、知能が低いぶん事故で作中人物《キャラクター》を殺してしまった例はある。しかし、男と警官は「うわ、怖い。ガス爆発ですかね」などと悠長な口ぶりだ。群集も、ある程度の距離をとったあとは野次馬と化している。彼らは眷属を視認できない。

寛が舌打ちまじりにこちらを見た。

「龍、前の奴《やつ》と違う。注意しろ」

僕は頷き、刀を強く握りながら、目を見開いていた。

地獄変と同じだ。

牛車は真っ赤に燃え盛っている。牛車を牽く鬼のような眷属は以前の鬼と特徴は似ているが、ふたまわり大きい。眷属の肉体が白から赤へとみるみる変化してゆく。熱で金属が鍛えられていくかのようだった。瞬間、カッと、そいつの肉体が閃いた。

目くらまし。視界が一瞬赤に染まる。瞼《まぶた》を閉じ、再び薄く開く。と、眷属は既に僕の前まで迫っている。

——しまっ
牛車の重みを受けて加速したのか、想定よりも速い。眷属は大きな足でブレーキをかけ、身体《からだ》を反転させる。牽いた牛車の車輪がぎりりりと石畳を削って火花を散らす。巨大な車体の横っ腹が僕の眼前に迫る。回避が間に合わない。刀で斬《き》る？　いや、この種の肉体には刃が通らなかった。まして車体に効くとは思えない。両腕で受ければ命は助かるか？　僕は両腕を交差させ、歯を食いしばる。そのとき、目の前に人影が急に飛び出してきた。

「芥川さん！」

炎を裂くような大声が鼓膜を叩《たた》く。辰ちゃんこだった。

彼は小太刀を胸の前へ差し出すように、逆手に握っていた。そこへ牛車が突っ込んでくる。切っ先ひとつで車の重量を支えられるわけもない。ばき、と嫌な音が鳴って、彼の背中が僕に被さってくる。彼がクッションになってくれたおかげで、衝撃は和らいでいる。

受け止める手に力が入る。

「辰ちゃんこ！」

僕が叫ぶと同時に、ごきりと、武骨で暴力的な音がした。顎を上げると、眷属の顔面が目の前にあって息を呑《の》む。しかし、その目は飛び出し、口からは舌と唾液《だえき》が垂れていた。首に、鞭《むち》が巻きついている。寛が眷属の背中に乗り、鞭を両手で引いて締め上げている。眷属の動きが完全に停止したと見ると、鞭がほどかれた。寛の体重の乗った眷属は、顔面から地面に倒れ伏した。牛車も、ぎい、と最後のひと鳴きの後、沈黙する。

寛が眷属の背中を踏みつけたまま、短く言った。

「堀は」

「まずい」

僕は、包むようにかかえていた辰ちゃんこを見つめる。意識がない。

彼の小太刀に、真っ黒な亀裂《きれつ》が走っていた。

九

僕たちにとって武器は本で、本は魂だ。帝國図書館へ帰還したとき、辰ちゃんこの本は小太刀の亀裂と同じ形状の、真っ黒な染《し》みに侵されていた。僕は彼を背負って補修室に駆けこんだ。

補修室には、本を直す本来の意味での補修室と、作家たちが身体を癒《いや》す医務室とが併設されている。扉を開けてまずあるのが医務室だ。白くて清潔なベッドがいくつか。ベッド同士は窓掛《カーテン》けで仕切られている。壁は防音、温度と湿度は常に過ごしやすく調節されている。

だが、このときは違った。入ってすぐ異変に気づいた。ベッドがすべて埋まり、簡易ベッドが出ている。そこにも誰かが寝ている。こんなに人が詰め込まれた状態は見たことがない。空調が行き届いておらず、人の熱気で、むんと息が詰まった。僕は反射的に、野戦病院を連想した。

辰ちゃんこを背負っている僕に気づき、職員が駆け寄ってくる。

「彼を」と、なんとか声を絞り出し、辰ちゃんこを委ねる。

職員ふたりが部屋の一番奥へと、ストレッチャーを転がしてゆく。辰ちゃんこは、かろうじて空いていた最後の簡易ベッドに寝かせてもらえた。同時進行で、本も奥の補修室へ運ばれる。それを僕は無力に眺めていた。

「ここまで酷《ひど》いとは」

と横に立った寛が言う。「これが全部、地獄変の仕業だっていうのか」

「そうとしか考えられないよ」

「だが、俺と龍だけが無事なのは？」

「それがわからない。侵蝕の影響を受けるにしても、僕ら作家のあいだに優劣はない。もしそれがあるとするなら、きっと侵蝕者の思惑だ」

言いながら、不快感が食道を上ってくるようだった。

「手のひらの上で踊らされているみたいだ」

「そんなことはない。俺たちだって、奴を追い詰められるだけの情報を得ている。だから眷属が活性化しているんだろう」

眷属の力が増すのは、侵蝕者が追い詰められている証拠だと言われている。侵蝕者の自衛本能が、眷属を強化しているのだと。

「そのわりに、今回の有碍書は本当に静かだ」

動きといえば、屛風が盗まれたことと、良秀の墓が壊されたことくらいしかない。重要そうな作中人物も出てきていない。これだけ乏しい情報で、充分に追い詰めることができるのか？　まだ全然、辿《たど》り着ける気がしない。

職員がいったん去ったあと、僕と寛は辰ちゃんこのベッドに歩み寄った。

寝ている彼の顔を見下ろす。ずいぶんと幼く見える。いつもよりも一層。それが痛ましく、僕は僕が情けなくなる。彼が薄目を開ける。

「そんな顔しないでください」

僕は思わずしゃがみこみ、彼の手を取る。

「意識が戻ってよかった」

「ふふ、大げさですよ。ご心配おかけして、すみません」

その微笑《ほほえ》みは気遣いでしかない。誰にだってわかる。

「力不足で申し訳ないです。僕がもっと早く気づけていたら。三人に減って、隙が増えたのはわかっていたんだから」

「君が謝ることじゃない。僕の方こそ、ごめんね」

本当に。僕は一体、何をしているのだろう。無力感に押し潰されそうになる。

辰ちゃんこは、またふっと微笑んで言った。

「あなたの小説は日本文学界の宝です。必ず守ってください」

どうしてそこまで？　と口をついて出そうになる。実際、言ったのかもしれない。

「心から、そう思っているのです」

彼の表情はいつもよりも幼く、けれどいつもの庇護《ひご》欲を刺激する表情ではなく、なぜだか今までで一番、男性的に見えた。

「谷崎さんのような理知と情動の両立する文体ではなく、志賀さんのような明瞭《めいりょう》な文体でもなく、夏目先生のような余裕ある文体でもない。僕が芥川龍之介を好きな理由は、不安定の美なのです」

不安定。その単語は、普段の辰ちゃんこなら選ばなかったろう。彼は周りに本当に気を遣う。ともすれば悲観的なイメージを持つその言葉を僕に対して使わない。でも、今はその言葉を選んだ。そのことが僕にはしっくり来た。少しの不快感もなく、ごく自然に受け入れられる。辰ちゃんこの人柄があるから？　だけではない。なによりも、僕の本質を的確に言い表してくれているからだ。辰ちゃんこの視線は、いつのまにか水平線の幻影を見るように揺れ動いていていた。

「覚えていますか？　芸術の話が合う気がする、と僕に言ってくださったこと」

「遠い話だね」

転生前のことだ。知識としては、知っている。

「あれで僕は救われたのです」

買いかぶりすぎだ、とつい否定したくなる。僕は人を救えるほどの作家ではないよ、と。

ただ、もしかすると辰ちゃんこのそれは、僕が夏目先生に抱いたのと似た感情かもしれなかった。だとしたらこれほど光栄なことはない。そして、そんな気持ちを裏切る態度はとれない。

「大丈夫、僕が侵蝕者を地獄に送り返してくるよ。なんとしてでも」

口に出すと、正直に、僕はそんな気持ちなのではないかと思えてくる。

辰ちゃんこは嬉《うれ》しそうな、でも少し困ったような顔をした。それで僕は、今の回答は満点ではなかったと気づいた。

――そうだ。彼は、僕を「芥川龍之介」として尊敬しているのだ。

ならばその気持ちに、僕は芥川龍之介としての文脈で応《こた》えなければならないだろう。

ふっ、と努めてニヒルに、笑ってみせる。

「大丈夫。パイプはまだ、僕が持っている」

辰ちゃんこは、やっと顔を明るくした。僕は彼の温かな手を離した。

辰ちゃんこのベッドを囲っていた窓掛けを閉め、補修室の出口へと歩く。扉の前まで来たところで、声をかけられた。

「龍か？」

振り向くと、ベッドに志賀さんが寝ていた。枕《まくら》に後頭部を預け、布団《ふとん》をかぶり、右手のひらをこちらに向けて微笑んでいる。が、もともと色白の肌は青に近づき、その笑顔には以前よりも力がない。無理をしているときに、無理をしていると伝わりやすいのが彼の長所だと思う。

「上位種に遭ったようだな」

「ええ」

「なら、侵蝕者は近い。さすがだ」

上位種が現れるのは、侵蝕者が追い詰められて活性化している証拠。その因果関係を最初に教えてくれたのは、志賀さんだった。以前、彼が狐《きつね》の有碍書を浄化して帰ってきた日だった。

「でも」

と僕は返事に惑う。

――そのかわりに、辰ちゃんこが。

そう言いかけた言葉は、志賀さんの強い語調に遮られた。

「心を折るな。誰のせいでもない」

彼は、やはり小説の神様だ。あまりに自然に、聞き手の心を読んだような言葉を選ぶ。僕はついさっきまで辰ちゃんこに見せていた虚勢を忘れる。志賀さんの顔を直視できなかった。体調が戻らず苦しいのは彼のほうだろうに、言葉を尽くして僕たちを慰めてくれている。その包容力には、感謝よりもただただ頭が下がる。実際に頭を垂れ、僕は言った。

「ありがとう、ございます」

尽くしたい言葉ならもっと他にいくらでもある。でもそこまで甘えることはできない。僕の気持ちを満たすことよりも、志賀さんの身体を少しでも長く休ませることを優先すべきだ。頭を上げ、出口へと向かう。ただ、やはり僕はどこかで弱く、甘えの抜けないろくでなしなのだろう、もう一度だけ志賀さんを振りかえった。前からずっと、訊《き》きたくて訊けないことがあった。

「あの。狐の物語の、女の子のことなんですが」

志賀さんは力なく、しかし包容力のある目で僕を見つめ返した。

「狐？　ああ、あの有碍書か。どうした」

「少女と、なにか話しましたか」

村人たちから虐《しいた》げられる狐に感情移入してしまい、物語を作りかえようとした少女の思念が、侵蝕者だったという。その少女は何かを語ったのか？

僕は真剣な目をしていたと思う。もしも僕がこのまま侵蝕者の真相に近づくなら、向き合わなければならない壁があると予感していた。それはきっと、作家の頭数や、戦闘力では解決のしようがない、もっと単純で、もっと本質的な問題だ。それについての助言が欲しかった。

けれど志賀さんは、ふ、と力を抜いて笑った。

「大丈夫。お前の感じていることが、正解だよ」

僕は唇を噛《か》む。はい、と頭を下げ、部屋を後にした。

部屋を出るとき、館長と入れ違いになった。作家たちの様子を見に来たらしい。彼は彼の仕事をしているようだ。僕たちは、視線を交わして小さく頷くだけだった。語るよりも、優先すべきことが互いにあった。

僕と寛は帝國図書館の廊下を歩く。ふたりぶんの足音は、この優秀な床には容易《たやす》く吸い込まれる。あまりに静かな長い道を、僕たちは歩いている。

「許せないよ」

と僕は言った。

志賀さんを、谷崎くんを、辰ちゃんこを、みんなをあんな目に遭わせた侵蝕者を許せない。

「ああ、絶対に止めるぞ」

と寛が答えた。

横を並んで歩く彼の顔を僕は見ない。けれど表情なら思い描ける。きっと強い目をしている。

「この潜書は、もうすぐ終わる」

と、僕は僕に言い聞かす。

同時に、僕は僕の弱さに気づいている。言い聞かせている時点で、僕は信じ切れていないのだ。

志賀さんや谷崎くん、辰ちゃんこを傷つけた侵蝕者《しんしょくしゃ》を止めたいと思う一方で、僕は館長に呼び出された最初からずっと不安に思っていることがある。作家にとって、もっとも大切な才能があるとするなら、文学を愛する心だ。仲間を傷つけられたことへの怒りはもちろん大切だけれど、なによりも、作品と世界を侵された侮辱への抑えようのない憤《いきどお》りを煮え滾《たぎ》らせねばならない。僕は、さほど怒っていない自分に気づいている。仲間のことが気にかかり、集中できていない。こんな僕では、きっと足りない。侵蝕者の熱に中《あ》てられ、気圧《けお》され、焼き焦がされてしまう。

本物の芥川龍之介なら、と考える。本物なら、もっと怒《いか》り、侵蝕者の文意を看破し、読者に著者としての責任を行使できたのではないか。こんなにも手こずっていないのではないか。きっとそうだ。

「どうした?」

と寛が尋ねる。彼の表情はいつだって優しい。でも僕は、ここにいるだけでいいのだろうか？

「大丈夫」

と僕は微笑を返した。

十

僕は潜るしかない。自信がなくても、対決するしかないのだと思う。

ならば、そのための最善を尽くさなければならない。

寛とは別れ、ひとり図書室の地下に降りた。地獄変に描かれていた眷属について調べるためだ。

眷属の形態には何かしらの意味がある。たとえば「不調の獣」は、ぼろぼろの原稿用紙が寄り集まり羊を形作っている。原稿用紙は執筆の不調を、羊は、迷える愚か者を暗《あん》喩《ゆ》している。

あの眷属は牛車を牽く、鬼のような姿をしていた。鬼は確かに地獄を想起させるモチーフだ。しかしそれだけでは、地獄変の牛車を牽く理由には心もとない。

静まり返った室内で、日本の妖怪や伝承を洗った。そこでひとつの資料を見つけた。

火車《かしゃ》。

全国に伝わる妖怪の一種だ。

生前に悪事を働いた罪人を葬《ほうむ》る際には、地獄から火車が迎えに来て、遺体を奪い去るという。大風が吹いて棺《ひつぎ》の蓋《ふた》を開けることもあれば、火葬を終えてみると骨が一つも残っていない場合もある。

そういえば生前、宗教関連の文章を書くときに目にした覚えがある。もともと仏教からの名称で『因果経』にも出てくるはずだ。中国の魍魎《もうりょう》と同一とみられることもある。火車の姿は、燃え盛る車を牽いた二足歩行の巨大な猫、あるいは鬼のような異形として描かれている。

「似ている」

と、無意識に呟いていた。地獄変に描かれた眷属と、瓜《うり》二つだ。

偶然の一致と考えることもできる。だが、それにしては出来すぎている。

侵蝕者の文意を考える。

状況はシンプルだ。炎に包まれた牛車の中で、娘が死んだ。しかし鎮火してみれば、娘の遺体はなかった。そして侵蝕者の地獄変には、鬼のような異形が描かれていた。まっとうに考えるなら、あの異形――火車が、娘の遺体を消し去った、という意図だろう。

しかし、ひとつ気になる点がある。火車は、罪人を連れ去るという。ならばなぜ娘を？

一般的な読者ならば、ここで連れ去られるべきは、娘を見殺しにした良秀と考えるだろう。

問題の核心に、迫っている実感がある。

だが、まだ足りない。侵蝕者の文意を読み切るには、もっと深く潜らなければならない。

侵蝕者の文意に思いを巡らせるのは、小説を深く読むことと似ている。そのときに雑音は極力少ない方がいい。誰とも会いたくない気分だった。けれど、そういうときほど周りが煩《うるさ》い。図書室の地下一階から一階へ上るところで、また彼と鉢合わせた。

「久米」

と、僕は以前と同じ角度で彼を見上げる。

「体は大丈夫なの？」

今、僕と寛以外の作家は皆、調子を崩しているはずだ。補修室が満室だとしても、自室で休んでいなければおかしい。ならばこれは、やはり僕の幻なのだろうか？

彼は答えなかった。代わりに言った。

「見つかったかい」

「見つかった？　ああ、資料なら、うん」

「浄化できそうなのかい」

虚勢を張ることだってできた。でも僕は正直に吐いた。

「どうだろう。わからない」

寛や志賀さん、谷崎くんならここではっきりと言ってみせるのだろう。辰ちゃんこも、根は熱い。できるできないじゃない、やらなきゃだめなんです、と宣言する姿が目に浮かぶ。でも僕は、そういう人間ではない。そうありたいと願ったことも、そんなふりをしてみたこともあるけれど、その度に、僕と彼らは本質から違うのだと、痛感し続けている。

そして今、ようやく気づいた。

僕はきっと、久米に対してだから、こんな話をしている。

寛にだけ見せる自分、辰ちゃんこにだけ見せる自分、谷崎くんにだけ見せる自分、そして先生にだけ見せられる自分。そのどれともまったく異なる僕が、彼の前では現れる。

その理由は何だ？

「君と僕は、相容《あいい》れない位置にいる」

と彼は言った。冷えた言葉だ。でも不思議と今は、冷たく感じない。

「僕は、そう思ってはいないけれど。でも、君がそう思うのならそうなのだろうね」

「これはどちらが悪い、ということじゃないんだ。僕は僕の内にあるこの感情を作品にし、価値を認められた。ならば価値がないと思っていたこの僕こそが唯一《ゆいいつ》、まだしも価値のある存在ということになる。作家とはそういう生き方なのだろう」

僕から言える言葉はない。言葉というのは何を言われるかと同じくらい、誰に言われるかが大事だ。それは僕自身、経験している。僕にとって初めて、欲しい評価をくれた人が夏目漱石という偉大な文豪だった。もしあのとき、相手が先生でなければ、僕の人生はまったく違うものになっていたと断言できる。だから今、僕が何を彼に言っても悪い方にしか働かない。

「君はどうだい」と久米は問う。

「どうって」

「君はどんな作家なんだい」

「わからないよ」

と僕は言い淀《よど》む。僕の声は、少し不機嫌に聞こえたかもしれない。自分の声を聞いて、自分でも知らなかった感情の揺らぎに気づく。でもこれは、悪いことじゃない。彼にだけ見せている。

「僕には、わかりっこない」

と繰り返す。以前彼に言われた言葉は覚えている。君は贅沢《ぜいたく》だね、それだけのものを持っていながら、歩みを止めているのだから。

心の根にまとわりついて離れない疑問の答えを、僕はずっと探している。でもやっぱり、わからないのだ。

「そうかい」

と彼は言った。

「君は、まだ記憶のほとんどを思い出せていないようだけれど」

「お見通しだね」

別に殊更《ことさら》隠しているつもりもないけれど、できることならあまり感づかれたくないとは思っていた。でも今は、彼ならばすべてを察していてもおかしくないとも思える。

「僕は、君の対極だ」

と久米は言う。

「それは、そう思うよ」

と僕はうつむく。相容れないかどうかはわからないけれど、対極ではある。

はじめはきっと似た位置に立っていた。でも、だからこそ今は、まったく違う位置にいる。

ただ、作家とはそういうものじゃないか？　と僕は思う。

はじめはみんな、似たような純粋な理由で物を書き始める。なのに、いつしか作家と呼ばれるようになったときから、僕たちは何かを失いはじめる。それは、作家になるまではいらないと思っていたものかもしれない。けれど人であるには必要なものだ。人をひとつずつ捨てて、歪《いびつ》になって、そうしてできた未完成を作家と呼ぶ。当然、それぞれ形は違う。そうじゃないか？

久米に問いかけたくなる。でも、口にはできない。代わりに弱音が零《こぼ》れ落ちる。

「今の僕に、作家を語る資格はないんだ」

「違う」

と彼は即答した。僕は驚き、彼を再び見上げた。

「僕が、君にどれだけの妬《ねた》みを持っているか知っているかい」

ああ知っている、と言いかけてやめる。もうこれ以上は耐えられなくて、初めて、彼の凶暴な矛先に抵抗する。

「それは僕に対してじゃない。芥川龍之介に対してだ」

このひと言を、ずっと言えないでいた。それが苦しかったのだ。ようやく吐き出せた。なのに。

「それでもだ」

と、彼は続ける。

「これは過去の話じゃない。ずっと続く。きっとこれからもずっと、君に纏《まと》わりついてくる枷《かせ》だ」

僕はなんだか泣きそうになる。どうしてここまで言われなければいけないのだろう。背負うには重すぎる。

「僕には、一生わからない」

と、絞り出すように答える。それはもう声じゃない。

するとようやく彼は微笑んだ。少しだけ充《み》たされたように。

「そう。君には一生わからない。何度生まれ変わっても、この先どんな人生を送っても、一度捨てた芥川龍之介の代わりは務まらない」

「そのとおりだ」

言ってから、僕は少しのあいだ、自分の言葉の意味に浸った。

そのとおり、なのだ。

その受容は僕を責めるようでいて、どこかで少し、楽にもした。不思議な心地だった。僕は今、喜んでいるのか、悲しんでいるのか、笑いたいのか、泣きたいのか。自分の感情がわからなくなる。彼の指摘は、僕のとても本質的な場所に触れていた。

同時に僕は、久米正雄という文体の、もっとも純粋な部分に潜らせてもらっているのかもしれないと思った。彼の感性は鋭利ではあるが、受け手を一刀に切り伏せる類《たぐい》のものではない。もっと情緒的に、そっと首元に刃をあてがうような粘性を持っている。

「僕は今、一方的な不満を君にぶつけているんだよ」

と、彼は言う。

「知っている」

だから、こうして奥底で対話している。

「でもそれを悪いとは思えないんだ」

「ああ」

「僕は卑屈な人間なのだろうね」

彼の語尾は疑問形ではない。だから僕は降り止《や》まない雨でも聞くように耳を傾け、頷くだけだった。

「これが僕なんだ」

彼の言葉に気遣いはない。侵蝕者と限りなく近い、丸裸の言葉。けれど、だからこそ誠実だった。

僕は、芥川龍之介になりきれない自分に戸惑っている。でもそれは僕だけか？　彼はきっと、久米正雄であることに苦しんできたのだろう。その苦しみは僕とは異なるけれど、僕を責めていい充分な理由になる。彼はあくまで彼自身のために、どこまでも暴力的に、僕を芥川龍之介として扱う。そしてその事実が、僕に罪悪感以外の何かをもたらす。心の水面に溜《た》まっていた澱《よど》みが、いくらか動き、この水は澄んでいるかもしれないと微《かす》かに錯覚させる。気休めでしかない。澱みは減っていない。またすぐに滞り、分厚い闇《やみ》で覆う。でも今は気休めで充分だった。それ以上も以下も嘘《うそ》でしかないから。底からほんの少しの光を水面に見つけられるなら、救いを信じて、もがいていられる。

僕は、口を開く。芥川龍之介としてじゃない。僕は僕として文章を作る。

「侵蝕者は、激情を激情のままにぶつけて有碍書《ゆうがいしょ》を書く。正直に白状するならば、僕は、それが羨《うらや》ましくて仕方ないんだ」

侵蝕者は、ただ自分のために作品を書く。それを、作家よりも純粋と呼ぶことだってできる。少なくとも、書けない僕なんかよりは。

これは、ずっと僕の内側で名前のないままに燻《くすぶ》っていた、けれど消化しきれないでいた感情だ。

「作家として、失格だと思う」

僕は言って、唇を噛む。声は震えている。こんな僕はやはり、芥川龍之介ではない。

彼は言う。

「なら、それさえも受け入れて作家であればいい。かつての芥川龍之介じゃなく、今の芥川龍之介として」

「僕に、作家であることをまだ求めるのかい？　それはやっぱり、過去の芥川龍之介の延長線上に存在することになるんだよ」

「怖いかい」

「怖いよ。それはいつだって暗闇の中をひとり、当てもなく彷徨《さまよ》うようで、不安で堪《たま》らない」

「不安」

「うん」

彼はほんの少しだけ、唇の端をひくつかせた。笑っているようにも、苦しんでいるようにも見えた。

「ならそれを、君の贖罪《しょくざい》にしよう」

彼は、どこまでも僕に厳しい。

けれど、突き抜けて優しい。

彼の言葉は僕への情けというよりは、彼自身の弱さであり強さであるように思えた。そしてそれが作家性というものなのだろう。僕は今、彼との会話に安らぎを感じている。この温度に浸るのは甘えだろうか？　自ら首をくくることを逃避と呼ぶように、僕は逃げているだけだろうか。

違う、と言える。どちらかといえば、吹っ切れたような心地だ。

彼はあくまで彼のために、動いている。それでも彼は、僕の影として立ち、僕を支えてくれている。きっと僕も、彼にとっては影として存在している。

それでいい。

「ありがとう」

と僕は自然と呟いていた。彼への言葉というよりは、読み終えた小説への礼節に近かった。それでよかったのだ。最初から。

自室に帰って、僕は布団に頭まで潜り、すっかり冷えた身体を丸めて温めながら、瞼を閉じた。

ずっと僕は、地獄変の著者として、侵蝕者の文意を読もうとしていた。けれど、そこには無理がある。僕は自ら命を絶ったとき、芥川龍之介としてのいくらかを欠損してしまったのだろう。だから侵蝕者にとっての芥川龍之介として、侵蝕者の心を受け止めることはできない。

ならば僕は。

布団の中の暗闇で、有碍書の世界をひとつひとつ思い返す。頁《ページ》を遡《さかのぼ》り、一行ずつを読み返すように、句読点の意味を考えるように、没入してゆく。そこに作家という立場も、あらすじからの先入観も、必要ない。文章とは記号の羅列にすぎない。何を浮き上がらせるかは感性によって自動的に行われる。人は文章を読むとき、ただ素直でいればいい。

思考は深くて黒い水底から水面へじんわりと浮上してくる。澱みに塗《まみ》れ、仰向けに浮かんで見上げた空には、心象風景がいくつも流れてゆく。鮮やかな景色のすべてを目に焼き付けながら旅をする。

四章

河童《かっぱ》

一

朝が来た。昨日までの寒さが嘘《うそ》のように、布団《ふとん》からはみ出た僕の首筋が温度を保っている。瞼《まぶた》を開くと、光は柔らかかった。鳥が、うがいでもするように二度鳴いた。世界が侵蝕《しんしょく》されていることとなんて忘れさせる朝だ。こんな日に人は死にたくなるのだろう。でも、その感情も今の僕には思い出せない。僕は、僕として生まれた。

帝國図書館は静まり返っている。本来、ここはそうあるべきだと主張するように。けれどやはり、僕たちは取り返さなければならない。顔を洗い、着物に袖《そで》を通し、部屋を出た。

有碍書棚《ゆうがいしょ》へと向かう廊下の途中、寛と合流した。ふたり並んで歩く。歩調は自然と合う。寛は漢方薬をぐいと呷《あお》っている。

「朝飯はいいのか？」

「不思議と空《す》いていない」

「吹っ切れたような顔だな」

と寛が僕の顔を覗《のぞ》き込む。僕は微笑《ほほえ》み、正直に告げた。

「生前の芥川龍之介はどうだったのだろう、とずっと悩んでいた」

寛は真剣な目で、僕を見る。それから、ふっと白い歯を見せて笑った。

「お前らしいよ」

僕は、うん、と頷《うなず》いた。

「ありがとう」


廊下の先に、有碍書の収められた書架が見える。その前に、久米がいた。

おお、と寛が声を上げ、破顔する。

「アンタも無事だったのか、よかった。協力してくれる気になったか」

しかし彼は何も返さないし、歩み寄ってもこない。ただ書架の横に一歩退いて、こちらを見ている。

僕は彼と視線を交わす。五秒ほど見つめあった。

彼は目を伏せて、僕らの脇《わき》を通り過ぎた。

僕は、薄く微笑む。

「なんだってんだ？」と寛は首を傾《かし》げる。

「行こう」

丸テーブルの上に、地獄変が、昨日帰ってきたときのまま置かれている。

寛が引き締まった声で言った。

「この調子だと、いつ俺たちまで侵されるか分からないな。タイムリミットは思ったよりも早いかもしれない」

「僕の想定どおりなら、潜書はこれで最後になるはずだよ」

と、僕は答えた。え？　と寛が僕を見つめた。

二

前回のシーンの続きだ。七月二十四日の夜。上空には、洋墨溜《インクだ》まりと混ざった、黒く分厚い雲が出ていた。暗闇《くらやみ》の中、駅が蠟燭《ろうそく》のように燃えていた。かなり遠巻きに野次馬がいた。僕たちの近くには警官と、地獄変の写真を見せてくれた男性が並び、炎を見上げていた。

まず、僕たちは彼らの意識を改変した。辰ちゃんこの負傷と僕たちの帰還に関する記憶はすべて消させてもらった。あとはスムーズだ。火事の事後処理も男性の見送りも警官に任せ、僕たちは早々に駅を後にした。本題はこちらではない。

僕が先行して人ごみを抜け、目的地へ歩を早める。寛が隣に並ぶ。

「これで最後って、どういうことだ？」

「うん」

僕は息を吸う。極力丁寧に話すよう心がけた。

「この有碍書には、謎《なぞ》がいくつかある。地獄変の未来という世界観、消えた娘の遺体、屏風《びょうぶ》に描かれた眷属《けんぞく》、取り壊された良秀の墓、がらんどうな駅、病室じみた図書館、夜に聞こえる猿の声」

「ああ」

「どこから説明するかは難しいけれど、まずは一番シンプルなところ、猿だ。地獄変において猿の良秀は、繋《つな》がれていても脱走してみせた。だから、殺される前に子を遺《のこ》していたのではないか、と僕たちは結論づけた。その子孫が、あの山に棲《す》む猿じゃないか、と」

「ああ。だが、夜にわざわざ良秀の墓まで下りてくる理由がわからなかった」

「良秀への執念だ」

寛は、怪談には耐性がある方だが、このときばかりは不気味そうに眉《まゆ》を下げた。

「本気か？」

僕は微笑む。

「ただし、猿の、ではなくてね」

「意味がわからない」

「猿自身の理由は単純だよ。餌《えさ》を貰《もら》いに来ていたんだ。寛がビスコッティの滓《かす》を落としたとき、あっという間に蟻《あり》が群がっただろう？　あのあたりは、妙に蟻の巣が多かった。墓石も掃除されていた。それで、考えて気づいた。誰かが来ている。猿に餌をやっている、と」

「わざわざ？」

「そう。わざわざ、他の場所から来て」

「誰が」

「侵蝕者だ」

この世界で物語の根幹に関わる人物といえば、そう考えるのがもっとも自然だ。侵蝕者は作中人物《キャラクター》から認識される。だが人気のない墓前で、かつ夜であれば、その姿を見られる可能性はまずない。

「でも、なぜ？」

「猿への餌付《えづ》けは墓掃除のついでだったのかもしれない。でも、猿に愛着を持っていたのだとは思う。正確には、良秀と名付けられた猿の、子孫に」

寛が首を傾げる。正常な反応だ。こんな断片的な情報だけでは、この物語の本質はわからない。

「それを読み解くには、消えた娘の遺体と、屏風に描かれた眷属についても考える必要がある。牛車《ぎっしゃ》が燃え尽きたあと、そこには娘の遺体がなかった。犯人は、火車《かしゃ》という名の妖怪《ようかい》だ」

火車について、僕は説明した。

寛が食い下がる。

「悪人を連れ去るというなら、良秀が連れ去られるべきだろう？」

「僕もそう思ったよ、初めは。でも、全体を俯瞰《ふかん》して見れば、ひとつの仮説が立つ」

「どんな」

僕は歩きながら、空を見る。夏の雨雲が立ち込めている。

「それを確かめるためにも、侵蝕者本人にあたる必要があるのさ」

「わかったのか。居場所が」

「おそらくね。今ある唯一《ゆいいつ》の手がかりは、彼が地獄変を盗んだということ。だから地獄変は、まだどこかに隠されているということだ」

寛が渋い顔をする。

「いや待て。とっくに壊されているんじゃないか？　侵蝕者は、地獄変の物語を壊したくて侵蝕しているんだよな？　ならタイトルにもなっている屏風なんて、真っ先に壊す筋書《プロット》きを組みそうなものだが」

「普通の侵蝕者ならね。でも、それなら持ち去る理由だってなかったはずだ。その場で壊すなり燃やすなりすればよかった。なのに彼は地獄変を盗んだ。壊すのでなく、場所を移すのが目的だったからだ」

「なぜわざわざ？　バレるリスクを冒して」

「そこが、この事件のポイントだ」

僕は微笑む。でも自分がどんな表情に見えているかわからなかった。きっと、心の底から解決を喜ぶ表情ではないだろう。

ちょうど、目的地に到着している。

以前来た喫茶店だ。その軒先に立つ。上空の気流がごうごうと唸《うな》り声を上げている。洋墨溜まりと混ざった、夜の暗雲が渦巻いている。雨が降り始めた。

扉に札はかかっていない。

「入ろう」


「いらっしゃいませ」

以前と同じ店員の青年に案内されて、席に着く。

水を一口飲み、机上のメニュー表を手に取る。僕はブレンドを、寛が冷珈琲《アイスコーヒー》をブラックで注文する。メニューを戻し、その横にある灰皿を手元に引き寄せる。

「煙草《たばこ》を吸っても？」

「もちろん」

店員が微笑む。僕は敷島に火をつける。寛が続きをせがむように言った。

「それで、なぜ侵蝕者は地獄変を盗んだんだよ」

僕は首を振る。

「まずは、一杯いただこう」

この場所では、慎重に事を進める必要がある。沈黙の時間が過ぎ、やがて珈琲が届く。香りと味を存分に楽しむ。しばらく経《た》ち、僕が敷島の火を消したところで、寛が焦《じ》れた様子で僕を見た。

「おい、もう充分だろう。そろそろ続きを――」

「ちょっと飲み過ぎた。お手洗いへ」

僕は立ちあがる。おい、と寛の呆《あき》れた声がうしろから聞こえるが、そのまま席を離れる。

飴《あめ》色の、木製の扉を開ける。内装は昔ながらの、喫茶店の手洗いだった。左手に鏡と洗面台がある。正面に和式便器がひとつ。洗面台と便器のあいだに扉はない。

僕はそれらを確認しつつ中へ入り、用を足す。手を軽く洗ってから、手洗い場を出る。

「今回は、使わせていただけるんですね」

ハンケチーフで手を拭《ぬぐ》いながら、店員の青年に言った。

「ええ、もちろん」

彼の目は優しい。離れた席で、寛が戸惑っているのがわかった。僕は席には戻らず、手洗い場の扉を背にしたまま続けた。

「この店には、ずっとあなたしかいませんね」

「ええ、ひとりで営んでいます」

「昼間」

と僕は言った。

「最初にここを訪れたとき、僕たちは三十分ほど店にいた。店員が他にいなくて、掃除の手を休めて三十分も接客をする必要があったのなら、手洗い場は使用可能な状態に戻すのが自然ではありませんか？」

店員は答えない。寛は、雲行きが怪しいことに気づいたようだ。店員を見る目つきが変わる。

僕は続ける。

「なぜ手洗い場を使わせなかったか？　あのとき、ここに、見られたくないものがあったからだ」

やはり店員は答えない。僕は慎重に、言葉を選ぶ。

「違和感はそれだけじゃない。昼の時間帯だけ禁煙の店と言ったけれど、灰皿はテーブルに出ていた」

「ちょうど下げようとした時間でした。十一時半、でしたかね」

と、彼はようやく答えた。その表情はいまだ柔和なままだ。

「準備が整っていなかった、ということですか」

「ええ」

「それはおかしい。普段喫煙可能な店が、一定時間だけ禁煙にするのなら、店先に灰皿を常備するのが自然だ」

それ以上の弁明は店員から出なかった。僕の推理は確信に変わる。

「なぜ外に灰皿がなかったか？　本当は常に喫煙可能な店だからだ。それなら、店の外に喫煙所を作る必要はない。けれど、あのときは嘘を吐《つ》く以外に方法がなかった。煙草を吸ってもらっては困る理由があったからだ。見つかると困るそれを隠すために――いや、守るために、と言った方が正しいか」

もう店員の答えは待たなかった。

僕は彼の目を見据えた。

「あのとき、この店には盗んだばかりの、地獄変がありましたね？」

夜の雨がざあざあと、耳鳴りのようにうるさい。

三

「地獄変が盗まれたのは七月二十四日の朝。つまり僕たちが初めてこの店に寄る、少し前だ。地獄変は、この店に隠されていた。そこへ僕たちが入店した」

「美しい」

と、青年は突然、吐息のように漏らした。口角は持ち上がっている。

僕は不意を打たれ、眉間《みけん》を狭める。

「ああ、いえ、続けてください」と、彼は微笑む。

気味の悪い微笑だった。でもその気味悪さは、いやらしさとは真逆にあった。純粋な子供みたいだから。追い詰められているはずなのに、なお不純物を感じさせない表情を浮かべるから、僕は調子を狂わされる。

「でもひとつ、わからない点がある。なぜ準備中の看板を出さなかったのか」

それを出していれば、僕たちが店に訪れることもなかった。僕が違和感に気づくこともなかった。

「ああ、身近じゃなかったんですよね」

「身近」

「物心ついたころから、運動ができませんでした。神経系の病気で」

　と彼は、ひとつの短い物語を話しはじめた。

　珍しい病に罹《かか》った、少年の一生についての物語だ。彼は病が原因で、ほとんど外には出られず、本を読んで一生の多くを過ごした。

　寛が「ああ、だから図書館が」と唸る。

　なるほど。図書館の内装が病院じみていた理由は、彼にとって読書の場所が病院だったから。と同時に、図書館を訪れる機会さえろくになかったからだ。内装は、知らなければ描けない。

「ここが現代なのも、僕の乏しい知識と描写力で描けるよう、世界を収める必要があったからです」

　と彼は言う。

「僕の潜む場所を喫茶店に決めた理由は、ふたつあります。ひとつは、店内の描写に自信があったから。僕の暮らす病院には喫茶店が入っていました。ただ、不幸にも、その喫茶店にはドアがありませんでした。閉店時には、背の低い間仕切り《パーティション》を置くだけで」

「だから、開店と閉店の札を知らなかった」

「いえ、知識としては知っていました。でも、その情景を実際に見たことがなかったから、描写を失念した。ドアベルは忘れなかったんですけどねえ。やっぱり、ただの知識と、実感のある記憶は別物ですね」

とてもよく理解できる話だ。痛いほど。

「でも、店員姿は様になっていたよ」

「それが、理由のふたつめです。憧《あこが》れだったんですよね、喫茶店の店員さん。なんだか文学的で。昔ながらの喫茶店は簡単な料理しか扱っていないのも、都合がよかった。その程度なら、家での時間潰《つぶ》しに作ったことがあったから、どうにか真似《まね》できた」

文学的、と口にする彼の表情はずいぶんと優しい。そのことに僕は気づいたけれど、気づかないふりをした。

「その境遇で、あれほど緻密《ちみつ》に町を描けるのは、脅威だ」

「水槽の中で泳ぐペンギンたちよりも、ガラス越しに眺めている客の方が、見えているものもありますよ。でも、所詮《しょせん》は遠巻きの視点です。中身がない」

「駅の構内のように」

「ええ、中に入ったことがなくて。列車での遠出なんて、したことありませんから」

彼は恥ずかしそうに俯《うつむ》いた。切符の買い方を知らないことを恥じる小学生のように。

彼はふとしたときに、青年なのか少年なのか分からなくなる。

あまり長く彼の過去を聞いていると判断が鈍る恐怖があった。僕は、手洗い場の扉に目をやる。

「話を戻そう。僕らが入店したとき、手洗い場には、屏風があった？」

「いえ、服ですね。証拠になってしまいますから、ごみ袋に入れて」

「それは血痕《けっこん》の付いた？」

「ええ、住職を殺したときの」

殺す、という単語がいとも簡単に出てきて臆《おく》しそうになり、どうにか堪《こら》える。

「屏風は勝手口に置いていますよ。皆さんが帰られてから、厳重にくるみましたが」

「なるほどね。あのときだけ禁煙にしたのは、店から早く出てもらうためだけかい？」

「いえ」

「だろうね」

しばらく黙っていた寛が、怪訝《けげん》そうにこちらを見た。

「俺にもわかるように説明しろよ」

「地獄変が黄ばむのが許せなかったからだよ」

と僕は返す。寛が、黄ばむ？　と首を傾げる。僕は頷き、青年に視線を戻す。

「僕も、そこの文意が難解だと思っている。だが、行動から逆算すると、そうとしか思えない。少し早く退店させるためだけに吐くにしては、禁煙という嘘はリスキーすぎる。君は、地獄変を盗むために人を殺す筋書き《プロット》を立てた。そして、その屏風が少しでも汚れることを許せず、禁煙だと嘘を吐いた」

けれど、これは地獄変という小説をこの世から消そうとしている人間の心理とは、真逆の行動に思える。

「どうしてか、教えてもらえるかい?」

「僕自身が手元に置いて、眺めたかったからです」

彼の声はいつのまにか少し低くなっている。それだけで、なんだか別人のように大人びて聞こえる。少年と青年の境界で、危うく揺らいでいるようだった。僕は窺《うかが》うように、彼の目を覗く。黒々としている。洞《うろ》のように。

「君はやはり、地獄変を憎んではいないのかい?」

「この感情を言葉にするのは難しい。ただ、愛してはいました」

愛。侵蝕者とは対極にあるように思える言葉だ。

「それは、絵を?」

「絵も、小説も」

小説も、なのか。僕は強い動揺を覚えた。ひとつひとつを、確かめずにはいられない。

「愛という言葉の意味がわからないけれど。少なくとも地獄変の絵は、きみの頭が作りだしたフィクションでしかないはずだ」

小説は文章の芸術だ。そこに登場する絵は、読者の想像力で補われたものでしかない。

「これでいいんです。僕にとって地獄変の絵は、きっと空想だからこそどんな本物よりもずっと鮮やかで、それが僕にとっての本物だった。その本物をひと目見たくて、奪ったんです」

「火車を描いた理由は？」

そこが、最大の謎のひとつだった。

「あれも含めて、僕の愛する地獄変です」

これでいいんです、と彼は繰り返した。

よくはない。僕はまだ、彼の文意を捉《とら》えきれていない。

「この話は、僕があなたに、僕の世界を一方的に見せつける手紙のようなものだったんですよ。だから、作中には主人公を設定しなかった」

「それは、僕《読者》を主人公とする小説ということかい？」

「僕からすれば今でも、著者はあなたで、読者が僕ですけれどね」

と、青年は柔らかく微笑む。

有碍書を一冊の本とするなら、著者から読者へ。けれどこれを地獄変とするなら、読者から著者へ。僕たちはこの一冊を通して、既に多くの言葉を交わしてきた。

「あなたには感謝しています、芥川先生」

――先生。

その言葉は、僕にとって大きな意味を持つ。

「君は僕に、何を求めているんだ」

「僕には、地獄変以上に欲しいと思っているものがあります。だから今回の犯行に及んだのです」

「それは、いったい」

「芥川龍之介の新作」

ぐらり、と視界が揺れる。目の前の青年の顔がぶれて、見覚えのあるかたちに変わる。僕だ。はじめて帝國図書館の鏡で見たあのときの、抜け殻のような。

認識したと同時に、彼から炎がほとばしった。火の粉が周囲に飛び、床に落ちる。さっきまでの、喫茶店の床じゃない。気づいて顔を上げれば、周囲はいつのまにか、ただ白い地平が続く、異質な空間に変わっている。火種は地面を導火線のように走り、あっという間に辺り一面を火の海に変えた。白いキャンバスに赤が映えている。恐ろしいが美しい、侵蝕者の空想に僕らは翻弄《ほんろう》されている。

「龍！」

と寛の声がした。でも随分と遠い。いつのまにか引き離されている。彼は何度も僕の名前を呼び、こちらへ駆けている。だが周囲に次々と、鬼のような姿をした、あの眷属が湧《わ》いて辿《たど》り着けない。僕の目の前にもそれは現れる。僕は、飛びかかってくる眷属に刃を振るった。的確に首を両断した。二つに分かれた首の間から、炎の中に揺れる自分の顔が見えた。微笑んでいる。

目を瞠《みは》った瞬間、僕の意識はぶつりと切れた。

四

白い空、白い床。その床を赤い円で囲むように炎が揺らめいている。円の内側に、僕たちふたりだけが向かい合っていた。他にはなにもない。寛も、眷属もここにはいない。静かだった。

僕は額を拭う。脂汗《あぶらあせ》をかいていた。ここは、どうしようもなく暑い。

「随分と、疲れたお顔ですね、芥川先生」

正面に立つ青年が、無垢《むく》に微笑む。だが、その顔立ちはいまだ僕自身だ。炎が見せる幻だろうか。気味悪さを感じながら、何よりも先に尋ねる。

「寛は、どうなった」

「心配いりません。しばらくお話につきあってくだされば、元に戻してさしあげます」

「君は何者なんだ」

「ただの、先生の一読者ですよ」

「なぜ読者である君が僕の姿をしている」

「それは先生が一番よくわかっていらっしゃるはずです」

僕は不快感に顔を歪《ゆが》める。彼は僕の深い部分に容易《たやす》く入って来すぎる。

僕の手には刀がある。それを振るってもよかった。だが、その前に確認しておかなければならないことがある。

「僕の仲間たちが、君の攻撃のせいでおかしくなっている。あれはどういう仕組みだい？　谷崎くんや辰ちゃんこ、志賀さんたちだけじゃない。君と接触していない作家までもだ」

通常、有碍書は完全に侵蝕されきるまで、現世に危険を及ぼさないはずなのに。僕たちはこの異常の理由を、地獄変が芸術至上主義をテーマにした小説だから、と仮定した。

青年は「なんだ、そんなこと」と肩をすくめた。

「天才たちへの愛ゆえですよ」

また、愛。僕は眉間を狭める。

「通常の侵蝕と違い、効果対象から一般人を除き、作家だけに絞っている。そのぶん効果が強く表れている、ということです」

「そんなことが可能なのかい」

「帰ったら確認してみればいいです。図書館の外は恐ろしいほど平和ですよ」

聞いたことがない特性だ。けれど有碍書には例外の方が多い。理屈を求めても仕方がない。

「一部の作家だけが免れたのは？」

「こうして僕のもとまで辿り着いてもらうため。仲間に支えられないと、先生、また逃げちゃうでしょう？」

また、という表現にどきりとする。彼は本当に僕をよく知っている。

「僕の地獄変は、芸術への侮辱です。かつては畏怖《いふ》されていた天才が、軽んじられはじめ、墓は壊され、傑作は持ち去られ、そうしてこの本の中で芸術が完全に忘れられるとき、現実でも作家たちは芸術を守る力を失う――そんな筋書《プロット》きを描けば、先生が止めに来てくださると信頼していました。そして現に、あなたは僕の文意をひとつずつ読み解き、僕を追い詰めてくれた。それができてこそ芥川龍之介、模倣をねじ伏せる本物です」

彼の言葉は、追い詰められた犯人のものにしては悦に入りすぎている。

「おかげで再会できました」

再会。その言葉を使った意味を、僕はもはや自然と理解できる。僕らは読者と著者として、地獄変を通じて既に一度会っている。けれど、本は一方的な媒体だ。読者は著者に何も伝えられない。それがきっと、すべての始まりだった。

「君は僕と話すためだけに、こんなことを？」

「そのとおりですよ。至って筋の通ったお話でしょう」

彼は平然と、白い歯を見せて笑う。

「さあ、時間もあまりない。聞かせてください」

「聞かせる？　何を」

「芥川龍之介は自ら死を選んだ。その理由はなんですか。それを訊《き》きたくて、僕はここにいる」

僕は唾《つば》を飲んだ。呼吸が止まり、心臓が、とくんと一度、小さく震えた。

視界がぐにゃりと歪み、彼の顔も、炎も、天地さえも曖昧《あいまい》になった。世界がおかしい。

「難しければ、訊き方を変えましょう。火車が娘を消した理由は、読み解けましたか？」

ここに来たときには、まだ自信がなかった。けれど、さっき彼は、芥川龍之介の新作を読みたいと言った。ならばもう、文意はひとつしかない。

だが、口にすることが躊躇《ためら》われた。それはあまりにも歪んだ思想だから。

「わからないなら、お教えします。それは」

青年がすぅと息を吸い、少しだけ顎《あご》を上げて天を見る。白い空間に赤い火の粉が舞っている。極楽と地獄の対照みたいだ、とぼんやり思う。彼が顎を再び下げて、僕の目をしっかりと見つめた。

「良秀が死を選ぶ理由が、娘だったからです」

良秀は天才だった。絵のためであれば他の何物を犠牲にしても罪悪感など覚えないほどに。

しかし娘に対してだけは違った。娘を溺愛《できあい》していた良秀は、娘を見殺しにした後、自殺した。

「僕は、その終わり方が許せなかった」

やはり歪んでいる、と僕は無意識に顔をしかめる。でも、その歪みを僕は知っている。僕の中にもそれは確かにあり、だから僕はこうして彼のもとまで辿り着いた。

「君は、こう考えた」

僕の唇は、自然と動いた。

「天才には、天才としての責務がある。それは優れた作品を作り続けることだ」

「ええ」

「創作の邪魔になるのであれば、人並みに子を慈《いつく》しむ感情さえ捨てるべきだ」

「そのとおり」

「もしも天才にそんな人並みの感情を与えるものが生まれてしまったとすれば、それ自体が罪である」

「はい」

「君は、天才から天才性を奪い、自殺させた娘こそを、この物語最大の罪人とした。だから遺体を消した」

「ええ」

と、頷く青年の声は上ずり、笑みは多幸感に満ちている。おそらくは僕から言葉を引きだせたことで。

それが僕には気色悪い。だが同時に、どうしても否定しきれない。僕にだけは彼の心が理解できる。芥川龍之介という過去の才能を思い、悩み続けた僕にだけは。こんな自分もまた、どうしようもなく気色悪く、だがどうしても憎みきれなかった。

エゴイズムを肯定すること。谷崎くんの言葉が脳内に反響する。

気づかぬうちに喉《のど》が渇ききっている。その奥を震わせてどうにか言う。

「だが、その読み方は、あまりに偏《かたよ》っている」

「愛とは常に偏ったものです」

青年は清潔な歯を見せた笑みのまま、何にも臆せず言った。

「天才が作品を生むために、他者を犠牲にして何が悪い？　実の娘だろうと、社会だろうと世界だろうとすべてを火に投げ入れて、傑作が生まれるならそれは素晴らしいことだ。だって僕は、文学に救われたのだから」

僕と同じ顔をした青年が僕を見ている。口は笑っているが、瞳孔《どうこう》は開いている。まるで地獄の穴のように。

「答えてください、先生。なぜ自ら命を絶ったのですか。読者を捨てて」

彼は、残酷なほど無邪気に、僕に芥川龍之介を求める。

いくつもの名作を残した文豪の重荷を背負わせようとする。

僕の水面には、澱《よど》みが滞留している。それは排除しようのないものだ。僕を徐々に腐らせ、いずれ侵しきってしまうかもしれないものだ。逃げたいといつも思っていた。あとひとつでも、小さな歯車がほんの少しずれていれば、間違いなく、僕は彼から目を背けて逃げ出していただろう。だが、それでも僕には、最後の最後にひとつまみだけ、作家としての誇りが残されていた。そのためだけに僕は、鉛のように重い口を開き、鉄の味のする舌を動かした。

「今の僕がどう答えても、嘘になる」

どうしようもなく情けない答えだと知っていた。けれど、これが精一杯だ。読者には常に誠実であらねばならない。嘘はつけない。

失望されると思った。だが彼は一瞬の後、満足そうに目を細め、ふ、と息を吐いた。

「そうですね。今のあなたは、自殺した芥川ではない」

彼は言った。

「なら、また書いてください。これからの、芥川龍之介の物語を」

思いもよらぬ言葉に、僕は声を失う。

僕は彼が求めていた芥川龍之介ではない。なのに、彼は書けと言った。蔑視《べっし》も同情もなく、変わらず乱暴に、僕に作品を求めた。なぜ？　考えて、答えはひとつしか思い当たらなかった。

彼は芥川《僕》を、愛してくれたのだ。

僕は下唇を強く嚙《か》んだ。これ以上の言葉は綴《つづ》れない。

「本当は、これを伝えたかっただけなのです。僕から、あなたへのファンレターです」

僕はただ彼の目を見た。彼は微笑んでいた。本当に幸せそうに。そんな彼の瞳《ひとみ》の奥底に一瞬、怖《おそ》ろしい化物が見えた気がした。けれどきっと気のせいだ。僕にとっては、無垢な幼い読者でしかない。

「お元気で」

と、彼が言う。

瞬間、かっと熱と光が閃《ひらめ》き、僕はとっさに目を閉じた。瞼の裏に残光がしばらく残っていたけれど、それもやがて消えてゆく。龍、と僕を呼ぶ声が遠くで聞こえた。遅れて、身体《からだ》が揺すられる感覚。地獄の炎のあとに、その手のぬくもりは優しすぎて、僕はもう少し寝ていたい気持ちになる。

意識を取り戻したとき、僕は寛に助け起こされていた。

「大丈夫か」

と、寛が尋ねる。

「ああ」

頭はまだ朦朧《もうろう》としている。寛の肩を借りて立ち上がる。景色は喫茶店に戻っていた。全焼と言っていいだろう。壁も、天井も、あたり一面が真っ黒だ。テーブルや椅子《いす》は砕け散っている。戦闘の跡だ。足元に、燃え殻となった眷属の死骸《しがい》がいくつも転がってい
る。

「彼は？」と、僕は尋ねる。

「彼？」

「あの青年は、どこへ」

寛は訝《いぶか》しげに眉根を寄せる。

「おい、頭でも打ったか。誰のことを言ってるんだ」

「誰って、侵蝕者の――」

「それなら、俺が眷属を片付けている間に、お前が倒したんだろう？　あの化物に、炎で分断されたときは焦《あせ》ったが、よく勝ってくれたよ」

「化物？」

「ほら」

と、寛が顎で店の奥を指す。勝手口が一番、焼け跡がひどい。全身が炭化した死体が、扉に背を預け、うなだれていた。駅前で倒した眷属よりもさらにひとまわり大きな、醜い火車だった。青年の姿はどこにもない。

傍に、煤《すす》と化した屏風が寄り添っていた。

「地獄変。本物を見てみたかったな」

と、寛は言う。

僕は少しの間、黙っていた。けれど結局は、首を振った。

「本物なんて、どこにもないよ」

ここにある地獄変は、読者が作り出した、陽炎《かげろう》のような夢だ。見てみたくないと言えば嘘になるけれど、その役目は読者に任せて、僕たちは夢を見せる側でいなければならない。

店の出口に目をやる。焼け落ちた扉の向こうに、夏の星空が見えた。雨は去っている。

「帰ろう」

と、僕は言った。

五章

入道

帰還してまず、館長室へ報告に行った。

ノックののちに返事があり、扉を開けると、彼は書斎机の前に立っていた。袖《そで》をまくった手をポケットに入れ、仁王のように足を肩幅に開き、恐ろしい形相で。ただしそれは怒りや焦《あせ》りではなく、神妙という言葉がよく似合う面持ちでもあった。

「どうなった」

と彼は訊《き》いた。

「完了したよ」

と僕は地獄変を差し出す。

それはもはや有碍書《ゆうがいしょ》でなく、一冊の短編小説でしかない。落ち着いた色のカバー、品のある題字、手にしっくりくる重み。表紙を開き、中を確認してもらう。洋墨《インク》溜《だ》まりのように群がっていた文字は適切な行間と字間に戻っている。

正式には特務司書の精密検査を待ってからの浄化扱いとなるが、ひとまず僕たちの仕事は終わったと言えるだろう。そうか、と館長は息を吐く。いかつい肩が少し下がったように見えた。

「ご苦労様」

彼は地獄変を受け取ると、タイトルを確かめるように中指の先で撫《な》で、埃《ほこり》を払った。

僕たちは一礼して、部屋を後にした。


その足で補修室に向かった。そこはずいぶんと騒がしかった。けれど、昨日までの嫌な騒がしさとは違う。ベッドの上の作家たちが好き勝手に喋《しゃべ》り合い、活気を生んでいる。

部屋の奥に見える白い窓掛《カーテン》けへと一直線に歩いた。

「辰ちゃんこ」

言いながら、僕はもう窓掛けを開けている。

「芥川さん」

と、彼はベッドの上で目を丸くする。それもそのはずだ、彼は上半身裸になり、濡《ぬ》れタオルで身体《からだ》を拭《ふ》いているところだったのだ。室温は適切に温められていたが、それでもタオルからは淡く白い湯気がぽうと立ち昇っていた。

「ごめん！」

と顔を伏せ、窓掛けを閉める。

「あはは、こちらこそ失礼しました。もう、大丈夫ですよ」

言われて再び窓掛けを開け、恐る恐る視線を上げた。服に袖を通した彼の顔は穏やかだった。

「体調はいいの？」

「ええ。少し前に、急によくなりました。周りのみんなもそうだったようで」

「そう」

「上手《うま》くいったんですね」と彼は微笑《ほほえ》む。

「うん、おかげさまでね」と僕も微笑みを返す。

懐《ふところ》からパイプを取り出し、彼に差し出した。それを手に取り、彼は言った。

「おかえりなさい」

僕はこくりと頷《うなず》き、どんな言葉を返すのが正解か迷った。今の僕はなんだか、潜書する前までの僕とは違っているように感じたから。でも結局のところ、ここで言うべき言葉は変わらないのだろう。以前までの芥川龍之介としても、これからの芥川龍之介としても。

「ただいま」

辰ちゃんこのもとを離れ、出口傍のベッドにいた志賀さんにも頭を下げた。

「お手柄だったな」

と、志賀さんは快活に笑ってくれる。

「俺からも礼を言うよ。ケツを拭《ぬぐ》ってくれてありがとうな」

「いえ、みんなに助けられました」

本当に、そう思う。なにひとつ欠けても、この結果にはならなかった。

「そっか」と彼は笑う。「なら、よかった」

やはり志賀直哉が笑っていると、この図書館も明るくなる。


中庭をついでに覗《のぞ》くと、谷崎くんを見つけた。

「やっぱりここだ」

と僕は歩み寄る。補修室にいないから、そんな気がしていた。彼は、華やかに咲き並ぶ、色とりどりのパンジーを、しゃがんでじいっと眺めていた。その花弁のうちの一枚を人差し指と親指で挟み、大事そうにさすっている。

「僕の書斎からも見えるんだ、パンジー」

不思議と、以前よりもかわいらしく思えた。

「花言葉を知っていますか？」

彼はこちらを向かず、花をつまんだまま言った。反対の手には灰茶色の本が握られている。補修は済んだようだ。

「知らない。なに？」

「予想してみてください」

何のゲームだ、と思ったけれど考えてみる。

「かわいらしさ、とか?」

「捻《ひね》りがないですね」

捻るものでもないような気がするけれど。童心」

「ぶー」

「天真爛漫《てんしんらんまん》」

「おお、惜しい」

「正解は?」

「橙《だいだい》は天真爛漫、黄色は慎ましい幸せ、紫は思慮深い、白は温順。色ごとに違うんです」

「えー、それはずるいよ」

「一応、すべてのパンジーに共通する花言葉もあるのですがね」

「へえ?」

僕は言って、答えを待った。けれど彼は、ふっと笑った。

「忘れちゃいましたけど」

彼の指が花を離す。その瞬間、花びらが潤《うるお》いを増した気がした。

「私たちはひとつの花の、色それぞれにも意味をつけたがる。道標《みちしるべ》を求めているんでしようね」

「言葉は所詮《しょせん》、言葉でしかないんだよ」

「え?」

と、谷崎くんが僕を見た。ひさしぶりに目が合った。

「道に迷ったら、言葉を頼ってもいい。でもそれは、いつか歩き出すためだ。言葉に縛られるためじゃない」

谷崎くんは、一瞬停止した。でもやがて、ゆっくりと瞼《まぶた》を閉じ、微笑み、味わうように頷いた。

「いい答えですね」


廊下に戻った僕たちは、ひと息つく。僕は寛に、ようやく言った。

「ありがとう」

「おう」

「お疲れ様」

「ああ。疲れたな、本当に」

三日間。とても濃密で、でも終わってみるとあっという間にも感じた。

寛が、ふううと長い息をついた。本当に長い息だった。それから、苦笑するように頰を上げた。

「ひとまず休もう。今だけは」

「うん」

と僕は頷いた。いずれまた潜書があるだろうけれど。でもひとまず、今だけは休んでも許されるはずだ。

「また」と、僕は言う。

「ああ、また」と、寛が手を振る。

僕は彼の背中を見送ることなく、踵《きびす》を返した。


廊下の先に自室の扉が見えてくる。そこに見覚えのある人影を見つけて、僕は瞬《まばた》きを一度した。

久米だ。彼の目は僕と合っていたけれど、その視線は僕というよりも、僕のもっと奥底にあるものを見ているようだった。あるいは、僕を通した向こう側の世界を。

彼は、用事がある風ではない。少なくとも声をかけてくるようなことはなかった。

僕は彼の視線に微笑んだ。彼ははっとしたように顔をうつむけると、そそくさとこちらへ歩き出す。すれ違う瞬間、ふわりと、真新しい洋墨の香りがした。言葉は交わさなかった。

ずいぶんと久しぶりに、書斎へ入った。

この数日にあったことを、ふと、先生への手紙に書き起こしてみようという気になったのだ。

出来事だけではない。僕の思考や、あの青年との会話も。本来、文章とは残すためにある。その意味で、題材は適切であるように思えた。

筆は、すらすらと進んだ。すべてを書ききれはしないし、あらゆる文章に僕の主観が混じる。事実だけを連ねて情景を書ければいいが人間はそこまで完璧《かんぺき》ではない。完璧でないと知れたことが、今回の旅のもっとも肝要な成果のひとつだった。その感謝さえも文章に残せる。筆はいまや僕の手元を離れ、自由を得た。それはもはや手紙でさえない。読者は想定されていない。ただ僕が僕を再発見するための文章であった。

筆が止まったとき、僕は息継ぎのために上体を起こし、顎《あご》を上げた。

正面の窓から、中庭が見えた。もう誰もいない。吹き抜けの空に、冬の夜があった。星はない。ただ、清潔な暗い闇《やみ》が天を覆《おお》っていた。月だけがくっきりと縁どられていた。パンジーが並んでいるけれど、どれも月の色でしかない。

僕は手元の原稿用紙に目を落とす。そのまま視線を横にずらし、小物机の引き出しを開ける。中に溜《た》まった手紙を取り出し、今書いたばかりの数十枚と重ねあわせて、とん、とん、と揃《そろ》えてから、傍のゴミ箱に放った。

がたん、と紙束が重い音を立てた。

それだけだ。

だから、この話はきっと僕の心にだけ残り、誰にも知られることなく消える。

生前の芥川龍之介を思う。

なぜ君は、自ら死を選んだんだ？

僕がそれを知ることはきっとない。彼を一度捨てた僕では。あるいは、彼に捨てられた僕では。

それが僕だった。

わかっていることがある。作家が、いつか苦しみから逃れられる、と期待することが間違いだ。楽になれる日を夢見ることが驕《おご》りだ。僕たちは文学の従僕でしかない。書こうとして書けるものなどたかが知れている。過去の芥川龍之介がどうかは知らない。だが今の僕は、地獄を這《は》うように生き、か細い糸を摑《つか》むように筆を持つしかない。それでいい。僕は僕をそう定義した。

僕の頬は自然と緩む。深い闇の向こうに文学の両眼を見据える。

この世は地獄よりも地獄的だ。だが地獄でしか聞こえない文章がある。

きみとは長い付き合いになる。

本書は「文豪とアルケミスト」（©ＤＭＭ　ＧＡＭＥＳ）の世界観、キャラクター設定及びゲーム上の用語についてＤＭＭ　ＧＡＭＥＳの監修を受け、新潮文庫のために書き下ろされた。

新潮文庫編

文豪ナビ　芥川龍之介

カリスマシェフは、短編料理でショーブする——現代の感性で文豪の作品に新たな光を当てる、驚きと発見に満ちた新シリーズ。

芥川龍之介著

羅　生　門・鼻

王朝の説話物語にあらわれる人間の心理に、近代的解釈を試みることによって己れのテーマを生かそうとした〝王朝もの〟第一集。

芥川龍之介著

地獄変・偸盗《ちゅうとう》

地獄変の屏風を描くため一人娘を火にかけて芸術の犠牲にし、自らは縊死する異常な天才絵師の物語「地獄変」など〝王朝もの〟第二集。

芥川龍之介著

戯作三昧・一塊《いっかい》の土

江戸末期に、市井にあって芸術至上主義を貫いた滝沢馬琴に、自己の思想や問題を託した「戯作三昧」、他に「枯野抄」等全13編を収録。

芥川龍之介著

河童・或阿《あるあ》呆《ほう》の一生

珍妙な河童社会を通して自身の問題を切実にさらした「河童」、自らの芸術と生涯を凝縮した「或阿呆の一生」等、最晩年の傑作6編。

芥川龍之介著

侏儒《しゅじゅ》の言葉《ことば》・西方《さいほう》の人

著者の厭世的な精神と懐疑の表情を鮮やかに伝える「侏儒の言葉」、芥川文学の総決算ともいえる「西方の人」「続西方の人」など4編。

新潮文庫編 文豪ナビ 谷崎潤一郎

妖しい心を呼びさます、アブナい愛の魔術師——現代の感性で文豪作品に新たな光を当てた、驚きと発見がいっぱいの読書ガイド。

谷崎潤一郎著 痴人の愛

主人公が見出し育てた美少女ナオミは、成熟するにつれて妖艶さを増し、ついに彼はその愛欲の虜となって、生活も荒廃していく……。

谷崎潤一郎著 刺《し》青《せい》・秘密

肌を刺されてもだえる人の姿に、いいしれぬ愉悦を感じる刺青師清吉が、宿願であった光輝く美女の背に蜘蛛を彫りおえたとき……。

谷崎潤一郎著 春琴抄

盲目の三味線師匠春琴に仕える佐助は、春琴と同じ暗闇の世界に入り同じ芸の道にいそしむことを願って、針で自分の両眼を突く……。

谷崎潤一郎著 卍（まんじ）

関西の良家の夫人が告白する、異常な同性愛体験——関西の女性の艶やかな声音に魅かれて、著者が新境地をひらいた記念碑的作品。

谷崎潤一郎著 陰翳礼讃・文章読本

闇の中に美を育む日本文化の深みと、名文を成すための秘密を明かす日本語術。文豪の精神の核心に触れる二大随筆を一冊に集成。

堀辰雄著

風立ちぬ・美しい村

高原のサナトリウムに病を癒やす娘とその恋人の心理を描いて、時の流れのうちに人間の生死を見据えた「風立ちぬ」など中期傑作2編。

堀辰雄著

大和路・信濃路

旅の感動を率直に綴る「大和路」「信濃路」など、堀文学を理解するための重要な鍵であり、その思索と文学的成長を示すエッセイと小品。

菊池寛著

藤十郎の恋・恩讐の彼方に

元禄期の名優坂田藤十郎の偽りの恋を描いた「藤十郎の恋」、仇討ちの非人間性をテーマとした「恩讐の彼方に」など初期作品10編を収録。

志賀直哉著

和解

長年の父子の相剋のあとに、主人公順吉がようやく父と和解するまでの複雑な感情の動きをたどり、人間にとっての愛を探る傑作中編。

志賀直哉著

清兵衛と瓢箪・網走まで

瓢箪が好きでたまらない少年と、それを苦々しく思う父との対立を描いた「清兵衛と瓢箪」など、作家としての自我確立時の珠玉短編集。

志賀直哉著

暗夜行路

母の不義の子として生れ、今また妻の過ちにも苦しめられる時任謙作の苦悩を通して、運命を越えた意志で幸福を模索する姿を描く。

新潮文庫最新刊

NHKスペシャル取材班著
少年ゲリラ兵の告白
―陸軍中野学校が作った沖縄秘密部隊―
太平洋戦争で地上戦の舞台となった沖縄。そこに実際に敵を殺し、友の死を目の当たりにした10代半ばの少年たちの部隊があった。

二神能基著
暴力は親に向かう
―すれ違う親と子への処方箋―
おとなしかった子が、凄惨な暴力をふるうのはなぜか。「暴力をふるっているうちが立ち直るチャンス」と指摘する著者が示す解決策。

T・ハリス
高見浩訳
カリ・モーラ
コロンビア出身で壮絶な過去を負う美貌のカリは、臓器密売商である猟奇殺人者に狙われる――。極彩色の恐怖が迸るサイコスリラー。

W.B.キャメロン
青木多香子訳
僕のワンダフル・ジャーニー
ガン探知犬からセラピードッグへ。何度生まれ変わっても僕は守り続ける。ただ一人の少女を――熱涙必至のドッグ・ファンタジー！

H.P.ラヴクラフト
南條竹則編訳
インスマスの影
―クトゥルー神話傑作選―
頽廃した港町インスマスを訪れた私は魚類を思わせる人々の容貌の秘密を知る――。暗黒神話の開祖ラヴクラフトの傑作が全一冊に！

D・デフォー
鈴木恵訳
ロビンソン・クルーソー
無人島に28年。孤独でも失敗しても、決してめげない男ロビンソン。世界中の読者に勇気を与えてきた冒険文学の金字塔。待望の新訳。

イラスト　DMM GAMES
デザイン　新潮社装幀室

顔《かお》のない天才《てんさい》　文豪《ぶんごう》とアルケミスト ノベライズ
case 芥川龍之介

新潮文庫　ん-2-4

令和元年八月一日発行
令和元年八月二十日二刷

著者　河端《かわばた》ジュン一《いち》
発行者　佐藤隆信
発行所　株式会社新潮社

郵便番号　一六二―八七一一
東京都新宿区矢来町七一
電話　編集部(〇三)三二六六―五四四〇
　　　読者係(〇三)三二六六―五一一一
https://www.shinchosha.co.jp

価格はカバーに表示してあります。

乱丁・落丁本は、ご面倒ですが小社読者係宛ご送付ください。送料小社負担にてお取替えいたします。

印刷・錦明印刷株式会社　製本・錦明印刷株式会社

ISBN978-4-10-180160-5 C0193